ベリーズ文庫

再会したクールな警察官僚に燃え滾る独占欲で溺愛保護されています

鈴ゆりこ

STARTS
スターツ出版株式会社

目次

再会したクールな警察官僚に燃え滾る独占欲で溺愛保護されています

プロローグ……6
再会と告白……9
尾行と保護……40
同居と嫉妬……60
過去とキス……84
恋人とデート……116
出会いと愛しさ……147
報告とおめでた……163
小さな命とプロポーズ……192
不安と正体……219
母親とヒーロー……257

エピローグ……277
特別書き下ろし番外編
結婚式……282
あとがき……292

再会したクールな警察官僚に
燃え滾る独占欲で溺愛保護されています

プロローグ

「抱きしめてもいい？」

「はい」

うなずいたと同時に、加賀美（かがみ）さんの腕が私の背中に回りそっと引き寄せられた。

「大切にする」

抱きしめる腕にぎゅっと力がこもる。

逞（たくま）しい彼の胸に私はぴたりと頬をくっつけた。

加賀美さんだとこわくない。むしろこうされているととても安心できる。やっぱり私は彼が好きなんだ。

ずっとこうして抱きしめられていたかったけれど、加賀美さんの腕の力が弱まり私の体をそっと離した。

頬に手を添えられ、私の反応を確かめるようにゆっくりと彼の顔が近づいてくる。

目を閉じた次の瞬間、お互いの唇が重なった。

優しく吸いつくように触れて、そっと離れる。

「大丈夫?」

加賀美さんが私の髪をそっとなでた。

こわくないか気遣ってくれているのだろう。その優しさにますます彼への想いがあふれてくる。

「はい。大丈夫です」

私の返事を聞いた彼の手が耳裏に回り、頭を引き寄せられた。再び重なった唇はさっきとは違い、角度を変えながら少しずつキスに激しさが増していく。

「……んっ」

どこで息をしていいのかわからず苦しくなり声が漏れた。

加賀美さんがすぐに唇を離してくれる。再びぎゅっと抱きしめられ、私からも彼の背中に腕を回して抱き着いた。

耳もとに寄せられた唇がそっと動く。

「この先に進みたいって思うんだけど、どうかな」

ささやくような甘く低い声にドキッと胸が高鳴る。この先とはつまり……。

「嫌なら待つ。だから、正直に答えていいよ」

私を見つめる加賀美さんの瞳は熱をはらみ、いつも穏やかな彼の初めて見るオスの顔にぞくりと体が震えた。

恐怖心からではない。ひとりの女性として求められているのが伝わり、体の奥底が甘く疼く。

「嫌じゃないです」

私は小さく首を横に振った。

「ただ、ここではちょっと恥ずかしいので……」

男性と〝そういうこと〟をするのが初めてなので緊張はある。できれば明かりのついたリビングのソファではない場所がいい。

私のお願いを聞いた加賀美さんの唇がゆったりと弧を描く。

「もちろん。俺も千晶ちゃんをちゃんと愛せる場所がいい」

加賀美さんは私を軽々と抱き上げて立ち上がった。そのままリビングを後にして向かったのは寝室だ。

過去のトラウマから、男の人と体を重ねるなんて一生ないと思っていた。

それなのに、そのときは突然やってきて私を甘い快楽へと溺れさせていった――。

再会と告白

病室の南側にある窓からは明るい日差しが差し込んでいる。

眼下に見える中庭の木々は数日前まではピンク色の花弁を残していたのに、いつの間にかほとんどが散って新緑の芽が出始めていた。

今年はお花見に行けなかったな……。

毎年お弁当を持って近所の公園に桜を見に行くのを楽しみにしていた。でも今年はそれどころではなかったのだ。

「花の命は短くて……」

背後から聞こえた弱々しい声に気づいて、視線を中庭から病室に戻す。

真っ白なベッドに座るパジャマ姿の父が、先ほどまでの私と同じように窓の外を見つめていた。

背中を丸めてしゅんとした表情を見せる父の姿に、胸が締めつけられるように切なくなる。

土曜日の午後二時。私——佐波(さなみ)千晶は入院中の父のお見舞いに来ていた。

「お父さん元気出して」

つとめて明るい声を出して笑顔をつくる。

「この前の説明で手術をすれば治るって先生が言ってたでしょ。だから大丈夫だよ」

父の隣に腰を下ろして、しょんぼりと丸まった背中に手を添えた。励ますように優しくなでても、父の表情はどんよりと曇ったまま。

「手術をしたところでどうせもう手遅れだ。先生はああ言ってるが、本当のところ父さんはもう助からないんだろ」

「そうじゃないよ。お父さんの病気は治るんだって」

「千晶も父さんに嘘をつくなら、今日はもう帰ってくれないか」

「お父さん……」

すっかり弱気な父にこれ以上どう声をかけていいのかわからず口をつぐんだ。

父は先月まで警察署に勤務していた警察官だった。

正義感が強く、笑顔がトレードマークで陽気な性格。

〝警察官は俺の天職だ〟という言葉が口癖なくらい、仕事を生きがいにしているような人だった。

けれど定年と同時に病気がわかり即入院。〝それからは人が変わったように暗い表情ばかりを見せるようになり、口数も減った。

「また来るね」

ベッドの上でいじけたように布団にくるまる父に、そう言い残して病室を後にした。

廊下に出てしばらく歩いたところでふと力が抜ける。壁によりかかりながらずるずると座り込み、膝を抱えてうつむいた。

「どうしたらいいんだろう」

これ以上父をどう説得したら手術を受けてくれるのか。最近の私はそればかりをずっと考えている。

父は自分の命はもう長くないと思い込んでいる。そうではなくて、手術をすれば治るのだと主治医の先生が丁寧に説明してくれたのに信じようとしない。

このままでは病気が進行して、それこそ命を失うかもしれないのに。

そうならないためにも手術を受けてほしい。

父がいなくなったら、私はひとりぼっちになってしまうから。

父子家庭で育った私には母親と呼べる人がいない。

男手ひとつで育ててくれた父に、これからはたくさん親孝行しようと思っていた。

まだまだ長生きしてほしいのに、このまま手術を受けなければ父はもう……。

「大丈夫？」

頭上から聞こえた声に気づいてハッと顔を上げる。

そこには黒っぽいスーツを着た男性が立っていて、心配そうに私を見ていた。

すらりと背が高く、びしっと着こなしたスーツの上からでもわかるほど引きしまった体躯。艶のある黒髪はうしろに軽く流してセットされている。すっきりとした輪郭にやや薄い唇、すっとしたきれいな鼻筋。

きりっとした顔立ちだが、奥二重の目もとがふんわりと優しい印象を与えていることの人は……。

「加賀美さんっ」

目の前の人物に気づいて、勢いよくその場に立ち上がった。

「こんにちは、千晶ちゃん」

目尻をくしゃっとさせて微笑んだ彼は、加賀美英介さん。二十四歳の私よりも六歳上の三十歳だ。

「お久しぶりです」

加賀美さんに会うのは約二年ぶり。

「もしかしてこっちに戻ってきたんですか？」

「そう。今月から本庁勤務になったんだ」

加賀美さんは一時期、父と同じ警察署に勤務していた警察官だ。

とはいってもいわゆるノンキャリアの父とは違い、加賀美さんはキャリア組のエリート。

超一流の国立大学の法学部を卒業後、国家公務員試験を受けて全国の警察の指揮・監督等を行う警察庁に入庁。学校での研修を終えて、初めて配属されたのが父と同じ警察署だった。

ノンキャリアの父の当時の階級は巡査部長。一方でキャリア組の加賀美さんはすでに警部補だった。

父の方が階級は下だ。でも、警察官としての経験は長いので、新人の加賀美さんの相談にのったり、アドバイスをしたりしていたそうだ。

それをきっかけにふたりは親しくなり、プライベートでも食事をする仲になった。

加賀美さんの異動で勤務先が変わっても交流は続き、彼がうちに遊びに来るようにもなったので、娘である私とも自然と親しくなったというわけだ。

二年前に加賀美さんが北海道の警察本部に異動してからは一度も会っていなかったが、今月から東京に戻ってきたらしい。

「それじゃあこれからは加賀美さんとまたいつでも会えるんですね。うれしい」

「怪しいなぁ。本当にそう思ってる？」

加賀美さんはわざとらしく意地悪な顔をつくり、私の顔を覗き込んだ。

もちろん本心で言ったのに信じてもらえず、私は小さく頬を膨らませる。

「本当に思ってます。加賀美さんがうちに来なくなって寂しかったんですからね」

「そっか。俺も会えなくて寂しかったよ」

「え〜、怪しいなぁ。本当にそう思ってます？」

仕返しとばかりに先ほどの加賀美さんの言葉を真似する。優しく目もとを細めた彼がくすっと笑った。

「本当だよ。異動前に千晶ちゃんからもらったお守りを肌身離さず持ち歩くくらい恋しかったんだから」

「ふふっ、そうなんですね。ありがとうございます」

「本気にしてないだろ」

『恋しかった』という大げさな表現がおかしくて笑っていたら、やれやれといった顔で加賀美さんが肩をすくめた。

二年前と変わらないこんなやり取りが懐かしい。

警察官僚というお堅い職業に就いていながら常にフレンドリーな態度の加賀美さん。六つ年上なのに年齢差をあまり感じさせないのは、彼が相手との距離の詰め方が上手だからだと思う。

「今日は父のお見舞いに来てくださったんですか」

「そう。仕事終わりに立ち寄ったんだ。会えそうかな」

「もちろん……と、言いたいところですが」

言葉を切った私を加賀美さんが訝しげな表情で見つめる。

「なにかあるの？」

「今の父はちょっと機嫌が悪いというか、落ち込んでいるというか。誰にも会いたくない気分だと思うんです」

「そこまで病状が悪いのか」

「いえ、そういうわけではなくて」

慌てて首を横に振った。

「加賀美さん、少しお時間ありますか」

「あるよ。この後はとくに予定もないから」

「それじゃあ私の話に付き合ってください」

父を慕い、こうして忙しい中お見舞いに来てくれた加賀美さんになら、父の病気や手術を受けたくないと言っている現状について相談できるかもしれない。

つい頼りたくなった。

「わかった。一階にカフェがあったよね。そこ行こうか」

なにか事情があると察してくれたのだろう。

歩き出した加賀美さんを追いかけながらその後に続いた。


病院の一階にあるカフェは車イス対応のテーブル席があるなど、患者とその家族の交流の場としても利用されていて、ゆったりとくつろげるスペースになっている。

天井から床まである大きな窓からは明るい日差しが差し込み、すぐ隣には緑豊かな中庭を見ることができる。

カウンターでそれぞれ注文した飲み物を持って、窓際のテーブル席に腰を下ろした。

ホットコーヒーをひと口だけ飲んだ後、向かいの席に座る加賀美さんにさっそく話を切り出す。

「父の病気について知っていますか」

「いや、入院していると人伝に聞いただけで詳しくは。それで、病名は？」

「胃ガンです」

「ガンか……」

彼は小さく息を吐き出し、力が抜けたようにイスの背もたれに背中を預けた。

病名を聞いて言葉をなくしているのかもしれない。私も最初はそうだったから。

「でも大丈夫なんです。父の場合は内視鏡を使った手術でガン細胞を除去すれば完治できるかもしれないと、主治医の先生が言っていたので」

定期的に受けている健康診断で胃の一部に炎症があり、精密検査の結果ガン細胞が見つかったのは先月。

胃の粘膜よりもガン細胞が下に達している場合は開腹手術が必要になるが、主治医の先生の診察によると父は病変が小さいので粘膜内に収まっている可能性が高いらしい。それだと内視鏡を使った手術で粘膜を薄く焼き、問題の箇所を取り除けば完治できるそうだ。

「そうか」

私の説明を聞いてほっとしたように息を吐いた加賀美さんは、すぐにまた険しい表情に戻った。

「その手術はいつするの？」

「それが……」

加賀美さんの問いに私は口をきゅっと結んでうつむいた。

「受けたくないと言っているんです、手術」

「どうして？」

「動揺しているんだと思います。健康だけが取り柄みたいな人だったから、自分がガンだとわかって絶望しているというか、気持ちがうしろ向きになっていて。手術をしたところで治らないと思い込んでいるんです」

ここ最近は時間が許す限り病室を訪れて父の説得を続けている。主治医の先生や看護師さんも熱心に説明をしてくれるけれど、頑固者の父はかたくなに手術を拒み続けていた。

「手術をしても意味はない。それなら受けたくない。その一点張りで、私ももう困っていて」

さっきも聞く耳を持ってもらえなかった。もう帰ってほしいと拒絶されて追い出されたし。

すっかり気落ちして生きる気力を失っている父をどう説得したら、前向きな気持ちにできるのだろう。

「お父さんに手術を受けてほしいのに……」

コーヒーの入ったカップを両手でぎゅっと握りしめた。

「佐波さんはこれからなにかやりたいことはないのかな」

静かに私の話に耳を傾けていた加賀美さんがふと口を開く。

「無事に退院して元気になったときにやってみたいことがあれば、この先の人生にも希望が持てるかもしれない。まだまだ生きたいと思って、手術を受けようって気持ちにもなるんじゃないか」

「なるほど」

加賀美さんのひと言にひと筋の光が見えた気がした。

でも、父のやりたいことってなんだろう。

仕事を生きがいにしていた人だ。釣りが趣味だけどそこまで没頭しているわけではないので、まだまだ生きたいと思う理由として弱い。

ほかになにか父がこの先の人生に希望が持てることって……。

そう考えて、前回お見舞いに来たとき父がぽつりとこぼしていた言葉を思い出す。

『父さんはもう十分幸せに生きたが、唯一の心残りといえば千晶、お前だ。父さんの夢は花嫁ドレスを着た千晶とバージンロードを歩くことだったんだが、もう叶いそうもないな』

あのときは軽く聞き流していた。

でも、もしも父のその夢が叶うのだとしたら？

ウエディングドレスを着た私とバージンロードを歩く日がすぐ目の前にあれば、それを目標にして父はまだまだ生きたいと思うようになるかもしれない。

でも、あいにく私には結婚の予定はないし、そもそも彼氏すらいない。

だから父の夢を今すぐ叶えるのは無理だ。

「千晶ちゃん」

加賀美さんに名前を呼ばれて、うつむいていた顔を上げる。

「俺にも佐波さんに会わせてくれないかな」

「もちろんそれはかまいませんが。父の機嫌が悪くて失礼な態度を取ったときはすみません」

「大丈夫だよ。俺も佐波さんを説得してみるから」

「ありがとうございます」

頑固な父を誰も説得できなかった。こうなったらもう加賀美さんが頼みの綱だ。

父が本当の息子のようにかわいがっている彼なら、きっと父の心を動かすことができるはず。

そんな期待を込めて、父の病室に向かった。

開いたままの扉から中の様子をうかがう。頭まで布団をかぶった父はまだふて腐れているようだ。

そっと近づいて声をかける。

「お父さん。加賀美さんがお見舞いに来てくれたよ」

「なに⁉　加賀美くんが？」

くるまっていた布団から父が勢いよく顔を出した。

「ご無沙汰しています、佐波さん」

優しく目もとを細めて笑顔を浮かべた加賀美さん。それを見た父の表情がぱぁっと明るくなった。

「久しぶりじゃないか加賀美くん。元気にしていたか」

加賀美さんが来てくれたのがよほどうれしかったのだろう。父はかけ布団を勢いよく剥がし、寝ていた体を起こしてベッドに座り直す。

「こっちに戻ってきたのか？」

「はい、今月から本庁にいます」

「部署は？」

「それは、まぁ……」

加賀美さんが苦笑して言葉を濁す。父もそれ以上は聞こうとせず話題を変えた。

「スーツを着ているが仕事をしてきたのか？」

「はい。呼び出されて午前中だけ」

「そりゃご苦労さん。忙しいのに俺なんかに会いに来てくれてありがとな。最後に加賀美くんの元気な顔が見られてよかった。これで思い残すことはなにもない」

「お父さん！　そんな言い方しないで」

加賀美さんの前でもうしろ向きな発言をする父を見て、ため息がこぼれた。

「らしくないですよ、佐波さん」

父のせいで重苦しい空気になったが、それを一瞬で取り払うような加賀美さんの優しい声が響く。

「佐波さんにはまだまだ元気でいてもらわないと。退職したら俺に釣りを教えてくれるって約束していたじゃないですか。まさか忘れたんですか」

「覚えてるさ。でも加賀美くんにそんな時間はないだろ」

「佐波さんのためなら時間なんていくらでもつくります。だから早く元気になって退院してください」

穏やかに話しかける加賀美さん。

「佐波さんだってまだまだやりたいことたくさんあるでしょ」

「やりたいことか」

「なにかないんですか。俺に釣りを教える以外にも」

「そうだな……」

父が顎に手を添えながら考え込む。その視線が私に向かった。

「花嫁ドレスを着た千晶とバージンロードを歩きたい」

それは前回のお見舞いのときにも話していた父の夢だ。それを聞いた加賀美さんが優しく微笑む。

「千晶さんの結婚式が楽しみなんですね」

「そうだな。千晶は俺が男手ひとつで育てた大事な娘だ。晴れ姿を見たいじゃないか」

切なげに瞼を伏せる父の横顔を見て、心臓が鷲掴み(わしづか)みにされたように苦しくなった。

私だって父と一緒にバージンロードを歩きたい。それが父への恩返しになるなら、その夢を叶えてあげたい。

「あと、孫の顔も見たいな」

下を向いていた父の顔が持ち上がる。

「いや、その前に『娘さんを僕にください』というセリフを相手の男から聞かないといけないな」

「そのとき佐波さんはなんて答えるんですか？」

父の〝やりたいこと〟を聞いた加賀美さんが楽しそうに微笑みながら尋ねる。

父はわざと厳格な表情をつくり、普段よりもだいぶ低い声で答えた。

「『お前に娘はやらん』そう言って追い返してやる」

「それだと千晶さんが結婚できませんよ。一緒にバージンロードも歩けないし、お孫さんの顔も見られないじゃないですか」

くすっと加賀美さんが笑う。父が大きく首を横に振った。

「わかってないな、加賀美くんは。そこで怯むようならたいした男じゃない。それでも挑んでくるような骨のあるやつじゃないと千晶の結婚相手には認めんよ。俺よりも強くて頼りになって、かっこいい男が理想だな」

「佐波さんのお眼鏡にかなう男はいるのかな。千晶さんは結婚相手を見つけるのが難しそうだ」

和やかに話すふたりの会話を聞きながら、そんな未来がくればいいのにと鼻の奥がつんと痛くなり視界が揺らめく。

結婚相手を父に厳しく品定めされてもいいから、そんな日がくるまで父には元気でいてほしい。

一緒にバージンロードを歩きたいし、孫の顔だって見せてあげたい。

食事に行ったり旅行に行ったり。趣味の釣りにも付き合いたい。

これから親孝行をたくさんしようと思っていたのに、このままでは父は……。

「手術、受けてみるか」

ふと聞こえた父の声に、私は大きく目を見開く。

父は病室の窓から見える中庭に視線を向けながら、口角をぐっと持ち上げた。

「俺がいなくなったら千晶がひとりぼっちになるからな。せめて俺の代わりに千晶を守ってくれる男が現れるまでは、そばにいてやらないと」

「お父さん……」

手術を受ける気になってくれたの？

気づかないうちに目尻にたまっていた涙を指でさっと拭った。

「それに、今年はお花見ができなかったからな。来年はお弁当を持って花見がしたい。加賀美くんに釣りも教えないとな」

やりたいことを楽しそうに語る父。

その顔は病気がわかる前のような明るい笑顔で、私と加賀美さんはほっとしたように笑い合った。

父の病室を出た私と加賀美さんは並んで廊下を進む。

あの後検診に訪れた看護師さんに父が手術を受ける決心をしたと伝え、彼女はすぐに主治医の先生と連絡を取ってくれた。

別室に呼ばれて今後の予定の説明を受け、無事に手術の日程も決まりひと安心だ。

「ありがとうございます。加賀美さん」

病院のエントランスを出たところで立ち止まり、隣を歩く加賀美さんに深く頭を下げた。

「私がどんなに説得してもだめだったのに、父が手術を受ける決心をしてくれたのは加賀美さんのおかげです」

「いや、俺はなにもしてないよ」

加賀美さんは謙遜するけれど、優しく語りかける彼の言葉が父の心を前向きに動かしたのだと思う。

「加賀美さんが来てくれてよかったです。今日はありがとうございました」

「佐波さんにはだいぶお世話になったから。これからも時間があるときは顔を出すようにするよ」

加賀美さんがゆっくりとした足取りで歩き出す。その後を私も続いた。

「そういえば千晶ちゃんはどうやってここまで来たの？」

「電車です。うちからだとこの病院までは距離があるので」

「じゃあ俺の車に乗っていきなよ。送るから」

「いえ、そんな。申し訳ないです」

「遠慮しなくていいよ。ほら、雲行きも怪しいし雨が降るかもしれない」

加賀美さんが空を見上げるので、私も同じ方向に視線を向けた。

たしかに、どんよりとした雲が浮かんでいる。そのせいで今はまだ午後四時だが、普段の同じ時間帯に比べて薄暗い。

お見舞いに来たときは晴れていたし、天気予報では雨が降ると言っていなかった。

だから傘を持ってきていない。

「向こうの駐車場に車停めてるから」

「ありがとうございます」

ここはありがたく加賀美さんの申し出を受けた。

駐車場にはホワイトカラーのSUVが停まっていて、加賀美さんが助手席の扉を開けてくれる。私が乗り込むのを待ってから扉を閉めた彼は運転席側に回り、自身も乗り込むとシートに腰を下ろした。

それから片手でシートベルトを引き出してバックルに差し込み、慣れた手つきでエンジンをかける。

「住所変わってないよね」

シートベルトの位置がわからずあたふたしていると、加賀美さんに尋ねられたのでいったん手を止めた。

「はい。変わってないです」

「了解。ちょっとごめんね」

加賀美さんが運転席から身を乗り出した。私の座るシートに左手を置き、ずいと距離を詰めてくる。

な、なに⁉

不意に近づいた距離に驚いて思わず体を縮こめた。

爽やかな柑橘系の香りが鼻をかすめ、体をカチカチに強張らせている私のすぐ目の前を加賀美さんの右腕が通り過ぎていく。

シュルシュルと引き出されたのはシートベルトで、私の体を固定するとタングプレートがカチッと音を立ててバックルに差し込まれた。

どうやら私がシートベルトに手こずっているのに気づいて、着けるのを手伝ってくれたようだ。

「ありがとうございます」

お礼を告げると、優しく微笑んだ加賀美さんの体が離れていく。

「それじゃあ出すよ」

「はい、お願いします」

ゆっくりと車が動きだした。

車内にはラジオが流れ、女性パーソナリティが落ち着いた声でリスナーからのメールを読み上げている。

「仕事はどう？」

車通りがやや多く混み合った幹線道路を進みながら、隣でハンドルを握る加賀美さんがちらっと私に視線を向けた。

そういえば彼が北海道へ異動になった年に私は就職しているので、加賀美さんと仕事の話をするのは初めてだ。

「広告代理店で働いてるんだよね。どんなことしてるの？」

「求人情報誌を作っています」

都内にある広告代理店に大卒で入社してこの春で三年目。

この業界に憧れていたわけではない。片っ端から採用試験を受けて、最初に内定をもらったのが今の会社だったから入社しただけ。けれど、今は自分の仕事にやりがいを感じている。

街中で無料配布しているフリーペーパーを作るのが主な業務の会社で、私が配属されたのは営業部。求人情報誌を担当している。

「加賀美さんは今はどんな仕事をしているんですか」

たしか本庁勤務だと言っていた。警察庁のことだろうか。

父に部署を聞かれたとき答えを濁していたのはどうしてだろう。

交番や警察署にいる警察官とは違い、加賀美さんの仕事内容が想像できない。

「俺は主にデスクワーク」

「事件の捜査をしたりとかはしないんですか？」

「直接はしないかな。どちらかというと事件を未然に防ぐのが主な仕事だから」

「そうなんですね」

事件を未然に防ぐことなんてできるのだろうか。尋ねてみても加賀美さんの業務内容についてはよくわからなかったけれど、とても重要な仕事をしているのは伝わってきた。それに、秘密が多そうな職業だから詳しくは話せないのだろう。

信号が赤に変わり、車がゆっくりと停車した。

前方を見ていた加賀美さんの視線が私に向く。

「それにしても佐波さんが手術を受ける決断をしてくれてよかった。でも、千晶ちゃんの結婚相手にあんなに厳しい条件を出すとはな」

後半の言葉に苦笑してしまう。

「困りますよね。今のところ私に彼氏はいないから、まぁいいんですけど」

もうすぐ信号が青に変わりそうで、再び前方に視線を戻した加賀美さんがハンドルを握る。

車がゆっくりと動きだした。

「紹介したこともないの？」

彼の質問に私は首を横に振る。

「ありません。というよりもずっといないので」

二十四年間、交際経験が一度もない。それをこんな形で加賀美さんに知られてしまうのは恥ずかしい。

私も聞かれて答えたのだから加賀美さんの恋愛事情についても尋ねていいはず。でも、そういえば前に一度だけ聞いたことがある気がする。

うちで食事をしているとき、なにかの話の流れで父が『加賀美くんは彼女はいるのか』と尋ねた。キッチンで洗い物をしながら加賀美さんの返答に耳を傾けていたのだが、たしかあのときは『いたら佐波さんの家にこんな頻繁に遊びに来ませんよ』と笑っていた気がする。

その会話を聞いたのは加賀美さんが北海道に異動になる前だから、三年くらい前。

当時は恋人がいなかったみたいだけど、今はどうなのだろう。

たぶんいるだろうな。だって加賀美さんのように見た目もよくて性格も素敵で、その上エリートな職業に就いている男性が目の前に現れたら、誰だって恋に落ちちゃうはず。

きっと加賀美さんにお似合いの美人で聡明な彼女がいるに違いない。

そうだとしたら、私を車に乗せて家まで送ってもいいのだろうか。もしも彼女に見られたらと思うと、申し訳ない気持ちになってくる。

この助手席だって普段はその女性が座っているのだろうから、私なんかが座っていい席じゃない。

彼に今付き合っている女性がいるのかどうか確かめた方がいいのかもしれない。

「加賀美さんは、恋人いますか？」

いくぶん速まった鼓動を抑えるように、つとめて冷静に聞いてみた。

「俺もいないよ」

すぐに戻ってきた返事に、思わず彼の方をじっと見つめる。

「いないんですか」

「いないよ。千晶ちゃんと初めて会った日から今日まで、誰とも付き合ってない」

私と加賀美さんが初めて出会ったのは、私が高校二年生のときだから七年前。そんなに長い期間、彼女がいないなんて信じられない。

疑うような視線を向けていると、それに気づいた加賀美さんが「本当だよ」と言って、くすっと笑った。

それからしばらくは会話が途切れて、車内にはラジオが響いている。オススメの飲食店を紹介する女性パーソナリティの声をぼんやりと聞いていた。

「千晶ちゃんちって次の信号を右に曲がった方が近道だよね」

父が入院している病院の最寄り駅近くに新しくできたという日本初上陸のスイーツ

店の紹介に耳を傾けていると、加賀美さんに声をかけられた。

ナビでは信号を越えて真っすぐの道を通そうとしているが、加賀美さんの言う通り右に曲がった方が近道だ。

「はい。右の方が近いです」

「じゃあそっちから行くか」

しばらく進み交差点で車を停めた後、向かいから走ってくる車が途切れたところで加賀美さんはハンドルを切って右に曲がった。

しばらく進み、自宅のあるマンションに到着した。

エントランスの方に目を向けたとき、男性の姿が見えて思わず息をのむ。

もしかして……。

とっさに身を隠そうとしたが、もう一度しっかり男性を見て配達員だとわかり、ほっと肩をなで下ろした。

そんな私を視界に捉えていたのだろう。

「どうかした？」

駐車場の隅に車を停めた加賀美さんに尋ねられた。

「いえ、なんでもありません」

軽く笑顔をつくる。

加賀美さんは私をじっと見つめてから、軽く口角を持ち上げて微笑んだ。

「千晶ちゃん、今嘘ついただろ」

「えっ」

「声のトーンが変わった。なんでもありませんって言ったときの声がいつもよりも高かったよ。嘘をついている人に見られる特徴のひとつだ」

まさか見抜かれているなんて。声だけで嘘を見破れるものなのだろうか。

「それに、エントランスを見たとき体が一瞬強張ってた。なにかから隠れようとする仕草をした後で、もう一度エントランスを見てほっとしたような顔をしてたよね」

加賀美さんの鋭い観察眼に驚き、口をぽかんと開けてしまう。

たしかに私は嘘をついた。

「あのときエントランスには荷物を持った配達員がいたけど、なにかあるの？」

落ち着いた声で尋ねられ、加賀美さんに嘘は通用しないと思い知る。

自然と視線が下に落ちた。

ここまで言われて、なんでもないと隠し通すのは無理だ。それに、警察官の彼になら相談しても大丈夫かもしれない。

「実は……」

私は小さな声で話を切り出す。

「最近、なんとなく誰かにつけられているような気がするんです。気のせいかもしれないんですけど」

二週間くらい前からだろうか。

仕事帰りや休日に出かけたときなど、誰かの視線を感じるときがたまにある。つい先日も、後をつけられている気がして振り向くと見知らぬ男と目が合い、彼が慌てたように走り去っていくという出来事があったばかりだ。

誰にも相談できずにいたけれど、加賀美さんに初めて打ち明けた。

「それはまずいんじゃないか」

車のエンジンを切った彼が真剣な表情を浮かべる。

「なにか身に覚えはない？」

「ないと思うんですけど」

思いあたることはなにもない。でも、知らないうちになにかきっかけをつくっていた場合もある。

「相手の特徴とかはわかる？」

「特徴……」

　目が合ったときを思い出す。

「三十代くらいの男性でスーツを着ていました。髪は黒で、眼鏡をかけていたような気がします」

　それくらいしか覚えていない。

「そうか」

　加賀美さんは短く答えると黙り込み、少ししてから口を開く。

「とりあえず今日は玄関先まで送るよ」

　運転席の扉を開けた彼が外に出たので、私も車から降りる。すぐに助手席側に回ってきてくれた加賀美さんが隣に並び、「行こうか」と優しく声をかけてくれた。

「ありがとうございます」

　モヤモヤとした不安を抱える私を気遣ってくれる彼にお礼を言って、私たちはエントランスへと向かう。

　父とふたりで暮らす自宅は十三階建てマンションの五階だ。

　少し造りが古いためオートロックはない。各部屋についているインターホンも音声のみでモニター機能がついていないため、訪問相手の顔は見えない。

防犯に少し不安があるが、これまでこわい思いをしたことがなかったので気にしていなかった。

でも、父が入院中な上に、誰かに後をつけられているかもしれない今はセキュリティーの弱さに不安を覚える。

加賀美さんと一緒に五階の自宅に到着した。

わざわざここまで見送りに来てくれた彼にもう一度お礼をしようとしたところで、加賀美さんがスマートフォンを取り出す。

「佐波さんが家にいてくれたら安心だけど、今は入院中だから。これ、俺の連絡先。なにかあったらいつでも連絡して」

電話番号の表示された画面を差し出され、思わず加賀美さんに視線を向ける。

「い、いいんですか？」

「もちろん」

優しく微笑まれ、私も自分のスマートフォンを取り出した。

「ありがとうございます」

私を気遣ってくれる加賀美さんの優しさに甘えさせてもらうことにし、電話番号を登録する。その番号宛てにメッセージを送った。

「私の番号です」

「ありがとう」

お互いの連絡先が登録できると、加賀美さんは優しい目で微笑んだ。

その後、彼は私が自宅のドアを開けて中に入るまで見届けてから、車を停めている駐車場へと戻っていった。

「再会した彼から食事に誘われた？　それはきっと千晶に気があるんだよ」

数日後の職場。同期の青柳透子（あおやぎとうこ）と会社近くにある広場のベンチに座ってランチを取りながら、先日の加賀美さんとのやり取りを打ち明けた。

「その人……えっと、加賀美さんっていうんだっけ。かっこいいんでしょ。しかもキャリア官僚。私なら自分からアプローチするけどな」

「そういうのじゃないよ。お父さんのことがあるから気にかけてくれてるだけ」

加賀美さんと再会をしてから六日が経った。

その翌日、連絡先を交換したばかりのスマートフォンに彼からメッセージが届き、食事に誘われた。

二年ぶりの再会もあり久しぶりにゆっくり話がしたいと書かれていたけれど、たぶん本音は違う。加賀美さんは優しい人だから、父がいない家でひとり過ごす私を気にかけてくれているのと、誰かに後をつけられているかもしれない私を心配してくれているのだろう。

気を使わせてしまったことが申し訳なかったし、ふたりきりの食事は初めてなので戸惑う気持ちもあった。

けれど断るのも失礼だし、なにより私自身、加賀美さんともっと話がしたいと思い、悩んだ末に食事の誘いを受けることにした。

その約束の日が今日だ。

「千晶は考え方がうしろ向きだよ。もしかしたら彼が気にかけてくれるのは私が好きだからかも、くらい前向きに捉えればいいのに」

昼食のおにぎりに口をつけようとしていたとき、隣に座る透子からあきれたようなため息が聞こえた。

「前から思ってたけど千晶って恋愛に消極的だよね」

「それは……」

透子の言う通り私は恋愛に消極的だ。というのも、私には彼氏をつくれない理由があるから。

高校生のときに起きたとある出来事がきっかけでトラウマを負い、男の人に触ったり触られたりするのがこわい。

彼氏と手をつないだり、抱きしめ合ったり、キスをしたり、体を重ねたりといった行為が私には無理。相手の男性を受け入れられないために、私は彼氏をつくれない。

そんな事情があるのだけど透子に打ち明けてはいないので、私が恋愛に後ろ向きなことが不思議なのだろう。

口ごもったままの私を見て、透子がツンと唇を尖らせる。

「千晶は合コンにも来てくれないし、立花の告白も断ったんでしょ」

「えっ、知ってたの⁉」

さらっと先月の告白の件を言われて、ぎょっとした顔で透子を見つめる。

「もちろん。だって私がずっと立花の恋愛相談に乗ってたんだからね。千晶にフラれた日、あいつものすごく落ち込んでたよ」

「そっか……」

同じ営業部でタウン誌を担当している立花くんも同期だ。入社した年に採用されたのが私と透子と立花くんの三人だったのもあり絆は強く、頻繁に食事へ行ったり遊びに出かけたりするほど仲がいい。

だからこそ立花くんは仲良しの同期としか思えない。告白をされても彼の気持ちに応えられなくてその場で断った。

それが先月。あれ以来、立花くんとは気まずい関係が続いている。どうにかして以前のような関係に戻りたい。でも振った私が気軽に話しかけていいのか悩んでいた。

ランチを終えると、職場に戻って午後の仕事に取りかかる。

求人募集を出したいというお客様企業を訪問して職場に戻ってきてからは、自分のデスクで原稿の作成に取りかかった。

週に一度ある校了日は仕事の終わり時間が遅くなるけれど、今日はそうではないので定時を少し過ぎた頃に会社を出た。

金曜日の今日は、学校や仕事終わりの人たちで普段よりも街が賑やかだ。

加賀美さんと約束をしているのは午後七時。まだ一時間ほどあるので、近くの駅ビルに入って時間をつぶすことにした。

入口の近くにあるコスメショップに足が向かう。人気ブランドをはじめ、気軽に買えるプチプラなものまで豊富な品が揃えられている。

ふと新作のチークが目に止まった。春限定のピンクカラーを試すことができるようで、誘われるように頬にチークを入れてみる。

明るさが出た気がする。


ぼんやりと色が入っただけで顔の印象が変わった。血色感がプラスされて、表情に明るさが出た気がする。

鏡に映る自分が普段と比べてほんの少しだけ華やかになれた気がして、自然と笑みがこぼれた。

「かわいいですよね、そのお色。人気なんですよ」

声をかけられて振り向くと店員さんが立っている。

「頬に入れるだけで表情に華やかさとかわいらしさを添えることができるので、女子会やデートのときにオススメです」

「デ、デート⁉」

そこの部分だけが耳に残り、過剰に反応してしまう。それに気づいた店員さんに「もしかしてこれから彼氏さんとデートですか？」と尋ねられた。

ふと加賀美さんの顔が浮かび、動揺が増す。

「い、いえ。そうじゃないです」

彼とはふたりきりで食事の約束をしているけれどデートではない。加賀美さんだってそう思って誘ったわけではないはずだ。

ただの食事だとわかっているけれど、店員さんの発言で途端に緊張してしまう。

「これ気に入ったので買いますね」

商品を手に取り、レジに向かった。

衝動的に購入したチークの入った袋をバッグに入れてコスメショップを後にする。

それからも駅ビルの中を歩き回り、ほどよい時間になったので待ち合わせ場所に向かった。

そこにはすでに加賀美さんの姿があって、慌てて駆け寄り声をかける。

「すみません、お待たせしました」

「いや、時間ぴったり。俺が早く着いただけだから気にしないで」

加賀美さんは今日もぱりっとしたスーツを着ている。黒髪もきれいにセットされているし、目鼻立ちの整った容姿は周囲の女性たちの視線を集めるほどだ。

やっぱりかっこいいな。

初めて会ったとき私はまだ高校生で、年上の大人な加賀美さんを素敵な人だと思った。まさかそんな彼とふたりで食事をする日がくるなんて。

「行こうか」

「はい」

加賀美さんの後に続いて歩き出す。

なんとなく隣を歩けなくて一歩うしろをついていく。

もしも加賀美さんが恋人だったら……。

彼の隣を歩く自分を想像してみる。その姿があまりにも不釣り合いで、がっくりと肩を落とした。

すらりと背が高く、誰もが見惚れるほど端正な顔立ちをしている加賀美さんと比べて私は平凡だから。身長も低いし顔だってぱっとしない。ふっくらとした頬に丸くてくりくりとした目もとのせいで、年齢のわりに幼い印象を与えてしまうし。

こんな私が加賀美さんと特別な関係になれるわけがない。

今日は久々に会った彼との食事を楽しもうと、気持ちを切り替えた。


「到着。ここだよ」

加賀美さんが足を止めたのは、外観からしておしゃれなカフェレストラン。

私をエスコートするように扉を開けてくれた加賀美さんに促されて入店する。

今日の食事のために彼が選んでくれたこのお店は落ち着いた色味の内装で、かしこまった雰囲気もないのでくつろいで食事ができそうだ。

通りに面する窓際の四人席に案内されたので、向かい合って腰を下ろす。

こんなにおしゃれなカフェレストランで食事なんて、まるでデートみたい。

ふとコスメショップでの店員さんとのやり取りを思い出して、気持ちがまたそわそわと落ち着かなくなる。

いつも加賀美さんとどんな話をしていたっけ。どこを見ればいいのかもわからない。

不自然に辺りをきょろきょろと見回す。

緊張している私とは違い、加賀美さんはいたって平然としている。私もなんとか気持ちを落ち着かせた。

その後、料理を注文。加賀美さんが車で来ていることもあり、飲み物はノンアルコールのスパークリングワインにした。

料理の前に飲み物が届き、加賀美さんがグラスを手に取る。私もそれを手に持ち、少しだけ持ち上げた。

「二年ぶりの再会に乾杯しようか」

お互いのグラスが合わさり、上品に音を鳴らす。

しばらくして食事も運ばれてきた。私が頼んだ渡り蟹のトマトクリームパスタと加賀美さんが選んだグリルチキンのセット。

「加賀美さんのおいしそうですね」

彼の前に置かれたプレートの料理を思わずじっと見る。

こんがりと焼いた鶏肉とともにカラフルな野菜が添えられた一品には、スープとサラダとパンがセットになっている。ちなみに私のパスタもサラダがセットだ。

「ここに来るとだいたいいつもこれを頼むんだよな。あっ、千晶ちゃんのパスタもおいしいよ。この前来たときに同期が食べていたから少し分けてもらった」

このお店は加賀美さんのお気に入りらしい。同期と集まるときなどよく利用しているそうだ。ここへ来る途中、歩きながら教えてもらった。

「同期の方たちとはよく会っているんですか？」

会話をしながらふたり揃って食事を始める。

「同期全員ではなくて、その中の数人とは定期的に会ってるかな。俺はしばらく東京を離れてたし、忙しくしているから予定を合わせるのが大変だけどね。ここは個室もあるからそこを予約して、お互いの近況などを話したりするんだ」

「仲良しなんですね。私も同期とはよく食事に行ったりします」

その中のひとりに告白をされて断ったというのは黙っておく。

食事前はデートみたいだと緊張していたのに、おいしい料理を食べながら会話を楽しんでいるうちに、二年前と変わらず加賀美さんと接することができた。

食事を終えるとデザートも食べようとなり、再びメニュー表を広げる。

クレームブリュレかタルトタタン。どちらもおいしそうで、メニュー表の写真を交互に指さしながら迷っていると、向かいの席に座る加賀美さんがチラッとどこかに視線を向けるのがわかった。

もしかして、私が早くデザートを決めないから退屈させてしまったのだろうか。

「すみません。すぐに決めます」

すると加賀美さんがくすっと笑う。

「迷ってるならどっちも注文していいよ」

「でもふたつは食べられないので」

それに、そんなに食べたら体重が心配だ。

「俺がどっちか食べるからひと口あげる」

「いいんですか?」

「いいよ」

加賀美さんが手を上げて、近くを歩いている店員さんを呼ぶ。クレームブリュレとタルトタタンのふたつを注文してくれた。

しばらくして運ばれてきたクレームブリュレを私が、タルトタタンを加賀美さんが食べる。

ひと口だけもらうはずが、まだ半分以上も残っているのに「あとは全部食べていいよ」と彼はタルトタタンを私に譲ってくれた。

カフェレストランを後にした私たちは、駅の方向へと足を進める。

私は電車で帰るし、加賀美さんは駅の近くのコインパーキングに車を停めているそうだ。

人混みの中を進みながら、隣を歩く加賀美さんに声をかける。

「やっぱり自分で食べた分は払います」

デザートを堪能した後、伝票を手に取った加賀美さんは、私が財布を出す隙も与えないほどあっという間にカードで会計を済ませてしまった。

ご馳走になるつもりで来たわけではないので申し訳なくなる。私だって社会人なのだから、しっかりと払いたいのに。

「今日は俺が食事に誘ったから俺に払わせて」

「でも……」

「じゃあ次のデートのときは千晶ちゃんに奢ってもらおうかな」

「えっ、デート⁉」

さらっと告げられた加賀美さんの言葉にハッとして足を止める。彼が優しく微笑む。

「今夜みたいにまた俺とデートしてくれるとうれしい。また誘ってもいい？」

「は、はい。もちろんです」

思わず前のめりになって返事をした。その後で気づく。

たぶん加賀美さんが言うデートは私が思っているのとは違う。彼にとっては男女が約束をして食事をするだけでもデートと呼び、そこに深い意味はきっとない。

だって私は彼とはまるで釣り合わないから。

過剰に意識しているのは私だけだと思うと、いたたまれない気持ちになる。

それに、もしも次の食事の機会があっても今夜と同じように加賀美さんがスマートに支払いを済ませてしまうのが想像できた。

「帰ろうか」

そんなことを考えていると加賀美さんの手が私の腰に回り、ぐっと引き寄せられた。

立ち止まっていた私を促すように彼が再び歩き始める。

「か、加賀美さん⁉」

突然密着した体にドキッと心臓が小さく跳ねた。背の高い彼を見上げると、思った以上に距離が近くて動揺が増す。

加賀美さんの突然の行動の理由に戸惑いながらも足を前に進めた。

コインパーキングの近くに着くと、以前も乗せてもらったホワイトカラーのSUVが見えた。

私はもう少し先にある駅に向かうので加賀美さんとはここでお別れしようと思ったが、「送るよ」と彼に連れられて車のそばまで来てしまった。

あっという間に助手席に乗せられ、加賀美さんも運転席に乗り込む。

「えっと……。今日は自分で帰れるので」

再会した日の病院の帰りは雨が降りそうだったから、加賀美さんに車で送ってもらった。でも今夜は晴れている。それに、そこまで遅い時間というわけでもない。

「ついでだからかまわないよ。遠慮しないで」

加賀美さんがエンジンをかけ、車はゆっくりと出発した。

駐車場を抜け路地に出て、車通りの多い幹線道路を進んでいく。

「あれからどう？　危ない目には遭ってない？」

ハンドルを握る加賀美さんにふと尋ねられる。一瞬なんのことかと思ったが、以前話した見知らぬ男に後をつけられているかもしれない件だと気づく。

「大丈夫です。でも、仕事帰りに誰かの視線を感じるときはたまにあります」

直接危害を加えられるなどの危険な目には遭っていないがやはり不安だ。私の言葉を受けて、加賀美さんは「そうか」と普段よりも硬い声で口を開いた。

「あまりこわがらせたくはないけど、知っておいた方がいいと思うから伝えておく。さっきのレストランに、千晶ちゃんを見ている不審な男がいた」

「不審な男……」

心臓がドクンと嫌な音をたてる。もしかして私の後をつけていた男性だろうか。

「俺から見て右斜め前方。千晶ちゃんからだと左斜め後方、少し離れたテーブル席にひとりで座る男が千晶ちゃんをずっと見ていた」

そっか、だから……。

デザートを選んでいたとき、加賀美さんが不自然に視線を一瞬だけどこかに向けたのを思い出す。あのときに私を見ていたという男を見つけたのかもしれない。

「スーツを着た男で、年齢は三十代後半くらい。髪は黒で、前髪を右に分けてセットしていた。ほかは、シルバーフレームの眼鏡をかけていたかな。見覚えある？」

加賀美さんに尋ねられて、ふとひとりの男性が思い浮かび、背筋がぞくりとする。

「……はい。前に私の後をつけてきた男の特徴と似ています」

私が振り向いて目が合った瞬間に男が逃げていったので、はっきりとは覚えていないけれど、たしかそんな見た目をしていた。

レストランにいた男と同一人物かもしれない。

「俺たちがレストランを出てからも後をつけてきたが、さすがに車に乗ってしまえばそう簡単に後は追えないだろう」

とっさに振り返る。得体の知れない恐怖が全身にまとわりつくようだ。

もしかすると駐車場まで歩いていたとき、突然加賀美さんが私の腰に腕を回して歩き始めたのも、私を尾行している不審な男の存在に気づいたからかもしれない。

「どうして私の後をつけているんでしょう。もしかしてストーカーとか……」

自分で口に出した途端にこわくなり、背筋にぞわっと冷たいものが走った。

そんな私に強い不安を与えないためか、加賀美さんが優しく声をかける。

「そうと決まったわけじゃないけど、こそこそと尾行されているのはいい状況ではないな」

動揺する私とは正反対に、加賀美さんは冷静だ。

「大丈夫だよ。俺といれば安全だから。これでも一応訓練を受けた警察官だ。必ず守るから安心して」

彼はそう言って微笑んだ。私もなんとか口角を上げて笑顔を返そうとしたけれど、ぎこちない表情になってしまう。

「このまま俺の家に行ってもいいかな」

「えっ」

ふと聞こえた彼の声に、ぴくっと体が反応する。

「そう。不審な男につきまとわれていたのに、ひとりきりになる家には帰せないだろ。だから、とりあえず今夜は俺の家に泊まってもらうのがいいと思って」

「でも、ご迷惑では？」

「迷惑なんかじゃないよ。むしろ俺が心配だからそうしてほしい」

本当にいいのだろうか。

昔からよく知る加賀美さんとはいえ、男性の家に泊まるのには少し抵抗がある。

だけどほかに行く場所もないし、もしかしたら自宅へ先回りされているかもしれないことを考えると、このまま帰宅するのは不安だ。

どこか安いホテルに泊まる手もある。でも、今はひとりになりたくなかった。

警察官の加賀美さんのそばにいるのが一番安全なのかもしれない。

「すみません、ありがとうございます」

今夜は彼の提案をありがたく受け入れることにして、ぺこりと頭を下げた。再びすると加賀美さんの手が伸びてきて、私の頭をふわりとなでてすぐに離れた。

ハンドルを握った彼の手を思わずじっと見つめる。

今、触られたよね？

でもこわいと思わなかった。

そういえばカフェレストランを出た後も腰を引き寄せられて、加賀美さんと体が密着した。あのときも不快に感じず、拒絶反応は起きなかった。

男の人に触れられたのにどうしてだろう。

トラウマよりも今は、知らない人物に尾行されているかもしれない恐怖が強いからだろうか。

しばらく車を走らせて到着した加賀美さんの自宅は、１ＬＤＫのマンション。十畳ほどのＬＤＫと扉で仕切られた六畳ほどの洋室がある。紺色のカーテンがかかった窓の向こうにはバルコニーもあるようだ。

白を基調としたリビングにはテレビとダイニングテーブルとイス、それにソファしか置かれていない。物が少ないので部屋の余白がだいぶあまっていてすっきりとした印象だ。

隣の洋室は寝室として使っているのかもしれない。少しだけ開いている扉からベッドが見えた。

「狭い部屋だけどくつろいで。今飲み物持ってくるから」

「いえ、おかまいなく」

スーツの上着を脱いでイスの背もたれにかけた加賀美さんがキッチンに向かう。

テレビの前に置かれたソファに浅く腰を下ろしてから、改めてリビングを見回した。

部屋の隅に段ボールが三つほど置かれている。引っ越してきたばかりで荷ほどきがまだ終わっていないのかもしれない。

「ごめん。気のきいた飲み物がなくて」

麦茶の入ったグラスをふたつ持って戻ってきた加賀美さんが申し訳なさそうに眉を下げ、私の隣に腰を下ろした。

「ありがとうございます。いただきます」

さっそく麦茶を口に含む。思ったよりも喉が渇いていたようで、ごくごくと一気に飲んだ。

時刻は午後十時になろうとしている。

加賀美さんに勧められてシャワーを借りた。

ここへ来る途中に下着とスキンケアセットは購入できた。でも、今夜寝るための服は用意できなかったので加賀美さんのスウェットを貸してもらった。

シャワーを浴び終えてそれに着替える。私と加賀美さんとでは身長差があるので、長袖シャツもズボンもぶかぶかだ。

シャツは袖をまくればなんとか着られるが、ズボンは腰紐を締めてもサイズが合わなくて落ちてくる。

長袖のシャツの丈が太ももを隠すくらいまでの長さがあるので、もういっそズボンをはくのをやめようかと思った。でもさすがにその格好はどうだろうと思い直す。

上下ともにぶかぶかの加賀美さんのスウェットを着た自分の格好に戸惑いつつ、濡れた髪をタオルで拭きながら洗面室を出た。

「シャワーありがとうございました」

リビングに戻ると、ソファで情報番組を見ていた加賀美さんが振り返る。

「おかえり。ドライヤーの場所わかっ……」

私を視界に捉えた彼の言葉が不自然に止まった。

一瞬目を見開いたかと思うと、口もとがふっと緩む。

上下ぶかぶかのスウェット姿の私を見て、不格好で子どもっぽいと思っているのかもしれない。そうだとしたら恥ずかしいけれど、今夜はこれを着るしかないので仕方がない。

「髪まだ濡れてるから乾かしておいで。洗面台の下扉の中にドライヤーがあるから使って」

「あ、ありがとうございます」

くるんと背を向けてリビングを後にした。

洗面室に戻りドライヤーを見つけて髪を乾かし、再びリビングに戻ると、私と入れ替わるように加賀美さんがシャワーを浴びに行った。

さっきまで彼が座っていたソファに腰を下ろす。加賀美さんを待ちながらテレビ画面に流れる情報番組を見ているうちに、だんだんと睡魔が襲ってきた。

ニュースを読み上げる女性アナウンサーの声が子守歌のように心地よく耳に届き、瞼がくっつきそうだ。

背もたれによりかかっていた体がずるずると崩れていく。そのままソファの上で体を横たえると、いつの間にか目を閉じていた。

同居と嫉妬

目を開けると見慣れない天井が見えた。

自分のものとは違うベッドに横たわっている。

閉じられたカーテンの隙間から差し込むほんのりと明るい日差しで、朝を迎えているのだと気がついた。

そういえば、加賀美さんの家にいるんだっけ。

シャワーを浴びた後、テレビを見ていたら睡魔に襲われてソファで寝てしまった気がする。

それなのにベッドにいるということは、加賀美さんが運んでくれたのだろう。

加賀美さんは？

彼の姿が見えない。

起き上がった私は、寝室の扉を開けてリビングに顔を出す。しんと静かなその部屋にも加賀美さんの姿はなかった。

どこかに出かけているのかな。

時計は午前七時を指している。いつもなら出勤の支度に追われているのに、今日は土曜日だからその必要はない。

加賀美さんはどうなのだろう。父は土日祝日も関係ない交代制の勤務だった。加賀美さんも同じなら、もしかしたら今日も仕事で、すでに出かけた後かもしれない。

リビングのカーテンを開けて室内に光を取り込んでいると、玄関の方から鍵が開くような音が聞こえた。

少ししてリビングの扉が開き、加賀美さんが姿を見せる。

キャップをかぶり、動きやすそうなスポーツウェアを着ている彼はおしゃれな紙袋を持っていた。

目が合うと優しく微笑む。

「おはよう」

「おはようございます」

加賀美さんがキッチンに向かう。

「休日の朝はランニングをすると決めているから今日も少し走ってきた。そのついでに朝食のパンを買ってきたから、一緒に食べよう」

彼が持っていた紙袋の中にはパンが入っているらしい。

どうやら加賀美さんも私と同じで今日は仕事が休みのようだ。

それぞれ支度を済ませてからテーブルに着き、朝食を取り始める。

「好きなパンを選んで。近所にある店で、俺のオススメを買ってきたから」

テーブルの上には数種類のパンが並んでいる。

「おいしそう」

その中のひとつを手に取った。食べる前に姿勢を正して加賀美さんに向き直る。

「昨日はすみませんでした。加賀美さんがベッドに運んでくれたんですよね」

「起こそうと思ったんだけど、気持ちよさそうに寝ている千晶ちゃんを見ていたら起こせなくて」

「すみません、重かったですよね」

「いや、軽かったよ。それよりも俺が普段使っているベッドに寝かせちゃってごめん。嫌じゃなかった？」

「そんなことないです」

首を大きく横に振る。「そっか」と微笑んだ加賀美さんがパンを頬張った。

私も手に持っているパンをぱくりと小さくかじった。

「加賀美さんはどちらで寝たんですか」

紳士的な彼の性格を考えると、私と同じベッドで寝たとは思えない。

「俺はソファ」

そうだろうなと思っていたけれど、申し訳なさでいっぱいになる。

「ごめんなさい。私がベッド使っちゃって。ソファで眠れましたか」

大人三人は余裕で座れそうな大きさのソファでも、背の高い加賀美さんには窮屈だったかもしれない。

「大丈夫。どこでも眠れるのが俺の特技だから」

加賀美さんにそんな特技があるのを初めて知った。たぶん私が気を使わないように言ってくれたのだろう。

「それよりも、昨日の不審者の件について話そうか」

ひとつ目のパンを食べ終えたところで、加賀美さんが口を開いた。

彼の淹れてくれた温かい紅茶が入ったマグカップをじっと見つめる。

「どうすればいいんでしょうか。家に帰っても大丈夫なのかな」

あの男性はどうして私の後をつけてきたのだろう。家に帰って待ち伏せされていたらと思うと、こわくてたまらない。

昨日は加賀美さんの家に泊めてもらった。さすがに今日もというわけにはいかない。

ほかに誰か頼れる人はいないだろうかと考えて、近所に暮らしている父の妹夫婦を思い出す。

叔母夫婦には子どもの頃からよくしてもらっているから、事情を話せば泊めてもらえるかもしれない。でも彼らには高校と大学の受験を控える息子がふたりいる。私が泊まると気を使って勉強に身が入らないかもしれない。迷惑はかけたくなかった。

都内には友人や同期の透子も暮らしている。でも、怪しい男たちに後をつけられている今、もしかしたら彼女たちも危険に巻き込むかもしれない。それだけはしたくないので、彼女たちの家に身を置くのもやめた方がいい。

どうしたらいいんだろう……。

テーブルに置いた両手をぎゅっと握りしめる。それを包み込むように大きな手が重なり、ドキッと心臓が小さく跳ねた。

「千晶ちゃんさえよかったら、しばらくここで暮らさないか」

私の両手を包む加賀美さんの手に優しく力がこもる。

優しい打診になびいてしまいそうになるけれど、これ以上、迷惑はかけられない。

「俺に遠慮してるならその必要はないよ」

「でも迷惑ではないですか」

「そんなこと思ってない。お世話になった人の娘さんが困っているんだから、力になりたい。ほかの誰よりも俺を頼ってほしいと思ってる」

「加賀美さん……」

ふと、私の両手を優しく包む加賀美さんの手に視線が向かった。加賀美さんだと触れられてもこわくない。

今も不快感を抱くことはないし、振り払いたいほどの拒否反応もない。

「千晶ちゃん？」

名前を呼ばれてハッと顔を上げる。

もしかして、加賀美さんには触られても平気なのだろうか。

「加賀美さん。しばらくここに置かせてもらってもいいですか」

「もちろん。安全がわかるまでここにいていいよ」

「ありがとうございます」

ほかに頼れる人もいないので、加賀美さんの好意に甘えさせてもらうことにした。

朝食を終えた私たちは、加賀美さんの車で私の自宅があるマンションに向かった。

しばらく加賀美さんの家に身を置くなら着替えなどが必要だから、それらを取りに戻りたいと伝えたら、彼が車を出してくれることになったのだ。

私は昨日のままの服装だけど加賀美さんは私服。白色のカットソーの上から首もとがゆったりとした開襟シャツを羽織り、黒色のチノパンを合わせたシンプルな装いだ。モノトーンな配色が洗練された大人な印象をさらに引き立てている。

休日なので、髪はいつもよりもラフに整えられている。

父と食事をするためにうちに来ていた頃の加賀美さんは、いつもだいたい仕事終わりに寄っていたからスーツを着ていることが多かった。

私服姿をあまり見ないのでとても新鮮だ。

端正な顔立ちと抜群のスタイルの持ち主なので、どんな服を着ても似合うのだろう。

着替えがないので仕方がないとはいえ、私の服装が昨日と同じ仕事着のままなのがいたたまれない。

でも、顔もスタイルも平凡な私は加賀美さんとは違ってなにを着ても洗練された大人な雰囲気にはならないと思う。

母さんに似ていれば美人だったんだけどなと、普段はあまり母の話をしたがらない父が酒に酔って帰ってきた夜にぽつりとこぼしていたのを思い出す。

両親は私が七歳の頃に離婚をしている。

そのときに父が母の写っている写真をすべて捨てたので、私には母の思い出がない。父が美人だと言っていた母の顔も思い出せない。いつも靄がかかったように、ぼんやりとしか母の姿が浮かんでこないのだ。

「着いたよ」

いつの間にか自宅マンションに到着していた。

駐車場に車を停めた加賀美さんが、車内からエントランスやマンション周辺に目を走らせる。

「大丈夫そうだな。でも心配だから俺もついてく」

見た限り昨日の男の姿はなさそうで、ほっと胸をなで下ろした。

加賀美さんに玄関までついてきてもらい、家の中に入った私は必要最低限のものだけをバッグに詰め込んだ。

駐車場に戻り、再び車に乗り込む。もうすぐ正午なので、加賀美さんの自宅に戻る前に昼食を取ることにした。

駅の近くのコインパーキングに車を停め、飲食店が並ぶエリアに歩いて向かう。

その途中にある広場の遊歩道を進んでいると、小学校低学年くらいの男の子ふたりが高い木の下で手を伸ばしながらぴょんぴょんと飛び跳ねているのが見えた。

なにかを必死に取ろうとしているようだ。

周囲を歩く人たちはそんな男の子たちを横目に見るだけで通り過ぎていくが、加賀美さんだけは違った。

「ごめん。ちょっと待ってて」

私にひと声かけて、颯爽と男の子たちのもとへ向かう。彼の後を私も追いかけた。

「どうした？」

加賀美さんに声をかけられた男の子たちのひとりが木の枝を指さす。

「手を離したらさっきもらった風船が飛んでいって。あそこから落ちてこないんだ」

男の子が指さした先をたどると、木の枝に青色の風船が引っかかっている。

もうひとりの男の子が同じものを持っていて、どうやら駅前に新しくオープンした施設の来場記念品のようだ。

「お兄ちゃん取れる？」

「お兄ちゃんなら届きそう」

男の子たちに期待を込めた目で見つめられて、加賀美さんは「任せて」と男の子の頭にぽんと手を置いた。

私がジャンプをしても届かなそうだけど、この中で断トツに背が高い加賀美さんならいける気がする。

するとやはり、加賀美さんが少し手を伸ばしただけで風船の紐は簡単に枝からはずれた。

それを見た男の子たちが「おおー」とよろこびの声をあげる。

「はい、どうぞ」

加賀美さんから風船を受け取った男の子が満面の笑みを浮かべた。

「ありがとうお兄ちゃん」

「どういたしまして。もう風船から手を離すなよ。しっかりと持って家に帰ること」

「わかった」

男の子が元気よくうなずく。その視線が不意に私に向けられた。

「お姉ちゃん。かっこいいカレシでよかったね」

「えっ、彼氏⁉」

思わず頬がカッと熱くなる。そんな私を見て、もうひとりの男の子が加賀美さんに声をかけた。

「お姉ちゃんはお兄ちゃんのカノジョでしょ。デートしてるの？」

最近の小学生は大人びた子が多いのだろうか。まさかこんな質問をされるとは思わず動揺してしまう。

一方で加賀美さんはやはり冷静だ。

「そうだよ。デートしてるから俺たちもう行くね」

両膝に手を置き、高い背を屈めて男の子たちと視線を合わせた彼がにっこりと微笑む。それを聞いた男の子たちも楽しそうに笑った。

「わかった。ラブラブデート楽しんでね」

「じゃあね」

手を振りながら、男の子たちは走っていった。

元気な背中を見つめていた加賀美さんが「走って転ぶなよ」と声をかける。その目は優しく細められ、穏やかな表情を浮かべていた。

その視線がふと私に向けられる。

「さてと、俺たちも行こうか」

唇にゆったりと弧を描く加賀美さんの笑顔を見て、鼓動が速くなる。

彼と恋人同士に間違われたことが申し訳ないやら恥ずかしいやらで、感情がぐちゃぐちゃだ。

そんな私に気づいたのだろうか、彼が不思議そうに顔を覗き込んできた。

「どうした？」

「い、いえ。なんでもないです」

目が合って慌てて視線を逸らした。

「お、お昼。食べに行きましょう」

くるんと背中を向けて歩き出す。

「昨日は奢ってもらったので今日は私が払います」

「じゃあ千晶ちゃんの好きなものを食べに行くか」

あっという間に私に追いついた加賀美さんが隣に並んだ。

その後、中華料理店が気になり入店した。でも、食事代は今日も加賀美さんが支払ってしまった。私がお手洗いに入っている隙に会計を済ませたようだ。

せめて半分払うと申し出ても『それじゃあ次ね』とかわされた。でも次も、加賀美さんがさり気なく支払ってしまうかもしれない。


週が明けた月曜日。

加賀美さんの自宅から出社した私は、普段通り午前の仕事をこなしてお昼休憩に入った。

いつもの広場のベンチに透子と並んで座り、それぞれ昼食を取る。

金曜日に起きた出来事を話すと、透子は心配そうに眉を下げた。

「それって大丈夫なの？」

「うん。今のところは」

今朝は、私と同じ電車通勤の加賀美さんと一緒に家を出た。同じ電車に乗り、その後も心配だからと彼は私を会社の前まで送ってくれた。

「千晶の家ってお父さんが入院中だから今は実家にひとりなんだよね。もしもなにかあったらどうするの」

「それなんだけどね、しばらく加賀美さんの家に住むことになった」

「えっ？　加賀美さんって、この前話してた千晶のお父さんと一緒に働いてたっていうエリート警察官？」

「うん」

うなずくと、透子は大きく目を見開く。

「なにそのうらやましい展開！」

「うらやましくなんかないよ。誰に後をつけられているのかわからなくてこわいんだから」

「そっか。そうだよね、ごめん」

私の現状を思い出した透子が申し訳なさそうな表情で頭を下げた。それから人さし指を顎にちょこんとあてて、考えるように口を開く。

「千晶の後をつけていたっていう男は誰なんだろうね」

「うん。目的もよくわからないし」

いつもは和やかな昼食の時間が重たい空気に包まれる。

「でも大丈夫でしょ。加賀美さんが千晶のそばにいてくれるんだから」

私の不安をかき消すように明るい声でそう言った透子が、励ますように私の腕に肩をこつんとぶつける。

「うん、そうだね」

私もなんとか笑顔をつくった。


お昼休憩を終えて午後の仕事をこなしつつ、気になるのはやっぱり私の後をつけていた男の存在。

朝は加賀美さんが会社まで一緒に来てくれたけれど、帰りは迎えに来られないらしい。彼はとても忙しいのだから当然だ。朝も時間がない中無理に送ってくれたのかもしれない。

なるべく人通りの多い道を歩くか、電車ではなくてタクシーを使うように言われている。

仕事を終えた私は警戒心を強め、会社を出たところでいったん立ち止まった。

周囲に怪しい人物がいないかを確認する。

とりあえず問題なさそうなので、足を前に進めようとしたときだった。

「佐波」

男性の声に呼び止められた。

警戒心を強めていたせいで、びくっと肩が跳ねる。

振り返ると、立花くんがこちらに向かって走ってくるのが見えた。

「佐波も今帰り？」

「うん。立花くんも？」

「そ。駅まで一緒に歩こうぜ」

「え⁉」

思わず過剰に反応してしまった。こうして立花くんと顔を合わせて話をするのは、告白を断ってから初めてだから。

するとと立花くんが困ったように笑う。

「そんなに意識すんなよ。普通にしてもらえると助かる」

そう言って歩き始めた立花くんの少しうしろを歩きながら、彼の背中を気まずい気持ちで見つめる。

「そういえば、今朝一緒に会社まで来ていた人って佐波の彼氏？」

ちらっと振り返った立花くんが、歩く速度を緩めて私の隣に並んだ。

「いつから付き合ってるの？　俺が告白したときには彼氏いないって言ってたよな。あの後すぐ？」

「えっ、いや、あの人は……」

「背が高くてイケメンだったたな。ぱしっとスーツ着こなして、仕事ができますオーラが漂ってた。俺らより年上だよな。何歳？」

「三十歳」

「六つ上かぁ。仕事なにしてるの？」

立花くんの質問が止まらない。彼氏ではないと否定するタイミングを失った。

加賀美さんの仕事……。

「本庁に勤めてて、具体的なことはわからないんだけど」

「ってことは公務員？」

「う、うん」

公務員は本当だけど、警察官で、しかもキャリア官僚なのだけど、そこまで詳しく立花くんに伝える必要はない。

「佐波はああいう男がタイプなんだな」

「え、いや、別にタイプというわけじゃなくて」

「でも絶対にあの人の方が俺よりもかっこいいだろ」

立花くんの表情に影が差す。

「そんなことないって。立花くんだってかっこいいよ。それに優しいし、仕事もできるし」

「じゃあやっぱり俺と付き合ってよ」

立花くんがまっすぐな瞳で私を見つめる。

「えっ……と。それは、ごめん」

彼のことはやはり同期としか思えないから。

気まずい空気になり、どう言葉を続けていいのかわからず口を閉じた。

「そんな顔すんなって。冗談に決まってるだろ」

いつもの明るい声でそう笑った立花くんを見て、私はほっと胸をなで下ろす。

「そ、そうだよね」

その後は他愛ない話をしながら歩き、駅に着いた。立花くんとは乗る路線が違うので、ここでお別れだ。

改札から少し離れた場所で立ち止まった立花くんが私と向き合う。

「佐波とはこれからも仲良しの同期でいたい。青柳も誘って、また三人で食事に行ったり遊びに出かけたりしような」

「うん、もちろん。私にとって立花くんは今までもこれからも、ずっと大事な同期だから」

「佐波……」

正直な気持ちを伝えると、立花くんは苦笑いを浮かべながら「参ったな」とつぶやいた。

「そういうところなんだよな。やっぱりあきらめらんないわ」

「え？」

ぼそぼそと続けられた言葉がうまく聞き取れなくて尋ね返す。けれど「なんでもねーよ」と立花くんの手が伸びてきて、私の髪をくしゃっとなでた。

その瞬間、思わず肩がびくっと跳ねて背中にぞわぞわと冷たいものが走っていく。

ぷるぷると小刻みに手も震えてきた。

「佐波?」

そんな私の異変に気づいたのだろう。

私の頭に軽く手を置いたまま、立花くんが私の顔を覗き込んでくる。

どうしよう、こわい——。

「なにをしているんだ」

すぐ近くで安心感のある低い声が聞こえた。

すると私に触れていた立花くんの手がすっと離れていく。

隣に視線を向けるとスーツ姿の加賀美さんがいて、その手はさっきまで私の頭に触れていた立花くんの手首を掴んでいる。

「加賀美さん。どうしてここに……」

彼を見た瞬間、強張っていた体の緊張が解けていく。

「迎えに来たに決まってるだろ」

「でも仕事は?」

時間が読めないから迎えには来られないと言っていたのに。

「早く終わらせたから問題ない」

それでわざわざここまで……。加賀美さんの優しさが胸に染みる。

「ありがとうございます」

「いや。急いででも来てよかったよ」

低い声でぽつりとつぶやいた加賀美さん。

いつも穏やかな彼にしては珍しく鋭い視線を立花くんに向けている。

「えっと……佐波の彼氏さん、ですよね」

立花くんがうろたえたような表情で加賀美さんを見た。

「彼氏？」

一方の加賀美さんからは先ほどまでの鋭いオーラが消えている。きょとんとした顔で立花くんを見ていた。

そういえばその誤解を解くのを忘れていた。

「すみません、俺。えっと……佐波とはなんでもないんで」

立花くんは弁明するように、必死に加賀美さんに声をかける。

不思議そうな表情を浮かべていた加賀美さんは、この状況を理解したのか穏やかな笑みを浮かべる。

けれど立花くんの話を否定せずに「そうですか」とうなずいた。

「私の方こそ急に手を掴んだりしてすみませんでした」

加賀美さんが立花くんの手を離して謝罪する。

強張っていた立花くんの表情がほっとしたように和らいだ。

「じゃ、じゃあ俺はこれで。佐波、また会社で」

「うん。またね、立花くん」

私に手を振り、加賀美さんにぺこりと頭を下げた立花くんはくるんと背中を向けると、足早に改札へと消えていった。

彼を見送る自分の手が小刻みに震えていることに気がつく。胸の前で両手を握って震えを抑えようとした。

「どうした？」

隣から加賀美さんが私の顔を覗き込んでくる。

「顔色が悪いけど、彼となにかあったのか」

「い、いえ。なんでもないです」

私の様子がおかしいと気づいたのだろう。加賀美さんに心配をかけないようにつとめて明るい声を出し、ぶんぶんと首を横に振った。

「それよりも、すみませんでした。彼は私の同期なんですけど、いろいろあって加賀美さんのことを私の彼氏だと勘違いしてるみたいで」

「それについては俺も詳しく聞きたいな」

優しく尋ねられて事の経緯を説明する。

朝一緒に会社に来るところを見られて、加賀美さんが私の彼氏に間違われたのだと打ち明けた。

「なるほど。事情はわかった」

「否定するタイミングがわからなくて。すみません」

「謝らなくていいよ」

加賀美さんがくすっと笑う。

「むしろ俺にとっては好都合だ。今朝一緒に会社に来たとき、彼以外にも職場の人が周りにいたよな。その人たちも千晶ちゃんには彼氏がいるって思ってくれていたら悪い虫もつかないだろうし」

「悪い虫？」

その意味がわからなくて首をかしげる。

私と目線を合わせるために高い背を屈めた加賀美さんが、私の耳もとにそっと唇を寄せた。

「千晶ちゃんを狙う男を牽制できるだろ」

ささやくような話し声と一緒に吐息がかかり、ドキッと小さく心臓が跳ねる。

牽制ってどういう意味？　加賀美さんがそんなことをする必要はないと思うけれど、もしかしてからかわれているのだろうか。

そんなことを考えていると、加賀美さんの手が頭にぽんとのった。そのままくしゃくしゃと少し乱暴なくらいに頭をなでられる。

「上書き完了」

にこっと満足げに微笑んだ彼の手が私の頭から離れていく。

上書きって？

なでられてちょっと乱れた髪を両手で整えながら、加賀美さんを見つめた。

「帰ろうか」

すると今度はすっと指を絡めて手をつながれる。

「加賀美さん⁉」

「また誰かに後をつけられているかもしれないから。いつでも千晶ちゃんを守れるようにしないとな」

つないだ手を顔の前まで持ち上げて、にこっと口角を上げる加賀美さん。

最近の彼はスキンシップが多くて、それに振り回されてはドキドキしてしまう。

改札を抜けてホームへと歩きながら、つながれた手にふと視線が向かった。

立花くんに触られたときは震えてしまったけれど、加賀美さんだとやっぱり大丈夫みたいだ。

「どうしてだろう」

ぽつりとこぼれた私の声はホームにやってきた電車の音にかき消されて、加賀美さんにまでは届かなかった。

過去とキス

高校一年生の春。通学で利用する電車の中で男の人に体を触られた。

毎朝同じ時間の同じ車両に乗っていたのだけれど、ある日近くにいた四十代ぐらいの男性に、スカートの上からお尻の辺りをなでられた。

いわゆる痴漢というやつだ。

こわくて声が出せなくてじっと耐えた。

私が抵抗しなかったことに味をしめたのか、次の日からも電車内で同じ男性に体を触られるようになった。

電車の時間や乗る車両を変えるとしばらくは行為がなくなる。でも、また少しすると同じ男性がいつの間にか私の隣に立っていて体を触られる。

男は執拗に私を狙っているようだった。

痴漢被害に遭っているなんて恥ずかしくて誰にも相談できなかったし、心配をかけたくなくて父にも黙っていた。我慢していればいつかは終わると思って。

結局、同じ男性からの痴漢被害は一カ月続いた。

それがきっかけで、私は男の人に触れるのがこわい。肩が触れただけで体中に緊張が走り、嫌悪感で吐きそうになる。

それなのにどうして加賀美さんだけは大丈夫なんだろう。

「――ちゃん。千晶ちゃん」

電車に揺られながら過去の被害を思い出していた。

名前を呼ばれて振り向くと、隣に座る加賀美さんに「大丈夫？」と声をかけられる。

「ぼんやりしてたけど、なにかあった？」

「すみません、大丈夫です」

慌てて笑顔をつくった。

加賀美さんはすぐに私の嘘を見破ってしまう。それを知っているから、さらになにか尋ねられないかとヒヤヒヤしたが、「そっか」とうなずくだけで彼はそれ以上なにも言葉にしなかった。

加賀美さんの家で暮らすようになって一週間が過ぎた。

時間が合えば朝は会社まで送ってもらうけれど、帰りはひとりが多い。それでも今日は彼の仕事が早く片づいたらしく、会社まで迎えに来てくれた。

あれ以来、私の後をつけていた男の姿は見ていないし、危険な目にも遭っていない。

それでもいつまた同じようなことが起こるかわからないから、もうしばらくは帰らない方が安全だと加賀美さんに言われて、彼の自宅で寝泊まりを続けている。

でも、いつまでもお世話になるわけにもいかないから、もうしばらく様子を見てなにも起こらなければ自宅に戻った方がいいのかもしれない。

というのも、私のせいで毎晩ソファで寝ている加賀美さんを早くベッドで寝かせてあげたいから。ソファではゆっくりと休息も取れないはずだ。

それでも私にベッドを使わせてくれる加賀美さんにせめてなにかお礼をしようと、彼の自宅にいる間は食事を作らせてもらっている。

加賀美さんはほとんど自炊をしない。

料理がまったくできないわけではなくて、キッチンには必要最低限の調理器具と調味料が揃っていて、簡単なものなら作れると言っていた。

多忙で料理をする時間がないそうだ。

ひとり暮らしで生活も不規則。食材を買っても冷蔵庫の中で腐らせることが多いので、自炊をする気にはならないらしい。

それならせめて、私が彼の自宅にいる間は食事を作らせてもらおうと思った。

幼い頃から父とふたり暮らしで料理は私の担当だった。あまり凝ったものでなければなんでも作れるし、味にも自信がある。これといった特技がない私の唯一の自慢かもしれない。

それに、これまでも何度か加賀美さんには料理を振る舞っている。彼が父を訪ねてうちに来たとき、私の手料理を食べていたから。

「加賀美さん。今晩なにか食べたいものはありますか。あ、でも帰ってすぐ作れるものでお願いします」

時刻は午後七時。この時間からあまり凝ったものは作れない。

「なにがいいかな……」

斜め上の辺りを見つめながら考えるような表情を見せる加賀美さん。しばらくして、なにか思いついたのか私に視線を戻した。

「カレーがいいな」

「カレー？」

「佐波さんから前に聞いたんだ。千晶ちゃんのカレーは絶品だって。俺まだ食べたことないから」

そういえば、加賀美さんがうちで食事をするときにカレーは出さなかった。

彼が来るときは父とお酒を飲むことが多くて、それに合う料理を振る舞うようにしていたから。

「わかりました。カレーですね」

「楽しみだな。俺も手伝うよ」

「いえ、加賀美さんは休んでいてください」

夕食作りは毎晩ベッドを貸してもらっているお礼だから、加賀美さんに手伝ってもらうわけにはいかない。

この後立ち寄るスーパーでなにを買おうかと頭の中で整理していると、電車が停車駅に停まった。

降りる人はいないが、杖をついた八十代ぐらいの年配女性が乗り込んでくる。席を探しているようだがすべて埋まっていた。

優先席に座る人たちは寝ているか、耳にイヤホンをつけてスマホ画面を見ていて席を譲ろうとするそぶりを見せない。

近くに座る場所がないとあきらめたのか、年配女性は立ったまま座席の端に設置されているポールを掴んだ。それを見て、少し遠いけれど私の席に座ってもらおうと思い、声をかけようと腰を浮かしたときだった。

隣に座る加賀美さんがすっと立ち上がり、年配女性のもとへと向かっていく。電車はすでにゆっくりと動きだしている。

加賀美さんは年配女性に声をかけ、電車の揺れで女性が転ばないようにそっと腰に手を回して体を支えながらこちらに戻ってきた。

そして先ほどまで自分が座っていた私の隣の席に、年配女性をゆっくりと座らせる。

「ご丁寧にどうも」

年配女性が加賀美さんにぺこりと頭を下げた。

「いえいえ」

片手で吊革に掴まりながら加賀美さんが軽く微笑む。そんな彼を見て、私は気持ちが温かくなった。

席を譲る動作があまりにもスムーズだったので、きっと普段からこういうことをしているんだろうなと思った。

この前もそうだった。広場で男の子たちが木の枝に引っかけた風船を取ろうとしているのを見て、彼は真っ先に駆け寄り声をかけた。

きっと加賀美さんは困っている人を放っておけないのだろう。

そんな彼を尊敬するのと同時に、似たような人に私も助けてもらったのを思い出す。

高校生のときに痴漢被害に遭っていた私を助けてくれた大学生くらいの男の人と、

先ほどの加賀美さんの姿が重なって見えた。

加賀美さんのマンションの最寄り駅で降りた私たちは、カレーに必要な食材を調達するためスーパーに立ち寄った。

買った食材を詰め込んだ袋は、あたり前のように加賀美さんが持ってくれた。

マンションの外観がもう見えているのでここから歩いて数分で着くだろう。表通りに面する人通りの多い歩道を曲がって、脇道に入ったときだった。

加賀美さんがふと足を止める。

「さっきからこそこそと人の後をつけてきて」

ぼそっと彼がつぶやいた声に、ぴくっと肩が跳ねた。

「つ、つけてきているって、もしかしてこの前の……」

気がつかなかった。いつから後をつけられていたのだろう。

あれからなにも起こらなかったから油断していた。

全身に緊張が駆け巡り、思わず加賀美さんに体を寄せる。そんな私を見つめる彼の表情はあの日ほど緊迫していない。

「こわがらせてごめん。今日は心配ないから」

心配ない？

加賀美さんが振り返り、私もおそるおそるうしろを向く。でも、人の姿はない。

軽くため息をついた加賀美さんが、街灯に照らされた夜道に向かって声をかけた。

「尾行するならもっとうまくやれ。バレてるぞ」

誰に話しかけているんだろう。

なにも返事がなかったけれど、しばらくして自動販売機の陰からすっと人が現れた。

黒っぽいスーツを着た男性だ。

びくっと体が跳ねる。加賀美さんは大丈夫だと言っていたけれど本当にそうなのだろうか。あのときの男の人だったりして……。

無意識に加賀美さんのスーツの袖をぎゅっと握りしめていた。

それに気づいた彼が、私の手を包み込むように優しく握って微笑む。その視線が『大丈夫』と私に伝えている。

ぼんやりとした街灯の明かりの下で、先ほどの人影が動いた。

「やっぱりバレてたかぁ。さすが加賀美先輩」

手で軽く頭をかきながら、男性がこちらに向かって歩いてくる。

加賀美さんの知り合い？

男性は私たちの目の前まで来ると、加賀美さんに声をかけた。

「いつから気づいてました？」

「庁舎を出たあたりからだな」

「うっわ。それってけっこう前からじゃん」

あちゃーと大げさすぎるリアクションを見せた男性が、手で自身の額を覆った。

加賀美さんより少し低いくらいで彼もすらりと背が高い。短めの黒髪からは爽やかな印象を受け、くっきりとした二重の目はかわいらしさを感じさせる。

年齢は二十代かな。私とあまり変わらないように見える。

「お知り合いですか？」

背の高いふたりを交互に見上げた後、加賀美さんに尋ねた。

「ああ。二期下の後輩で――」

「及川颯真（おいかわそうま）っていいます。年齢は二十八。警察庁の刑事局に所属しています」

加賀美さんの言葉を遮るようにぐいぐいと自己紹介をしてきた男性は、及川さんというらしい。加賀美さんの後輩ということは彼も警察官僚なのだろう。

どうして私たちの後をつけてきたのかはわからないが、怪しい人ではなさそうだ。

「ふたりは同じ職場なんですね」

「そうだけど部署は違うよ」

私の言葉に及川さんが反応する。

「俺は刑事局で、加賀美先輩は警備局の――」

「及川」

言葉を止めるように加賀美さんの低い声が響いた。

及川さんは「あっ」という表情を見せた後、ごまかすようにあははと笑った。

「とにかく加賀美先輩が所属しているのは警察庁の中でもエリート集団の部署だよ」

「そうなんですね」

私に向けて教えてくれた及川さんの言葉に、改めて加賀美さんは優れた人なのだと思い知る。一方で当の本人は話題を変えるように口を開いた。

「ところで及川。どうして俺の後をつけていたんだ」

彼に問いつめるように尋ねられ、及川さんが気まずそうに視線を泳がした。

「それ言っても怒りません？」

「俺がお前に怒ったことがあったか」

「ありますね。忘れたとは言わせませんよ」

じーっと見つめる及川さんに、加賀美さんの口角がふっと持ち上がる。

「いいのか。理由を言わない方が怒るぞ」

「言います」

及川さんがピンと背筋を伸ばした。

よほど加賀美さんに怒られたくないのだろう。私の前では常に穏やかで優しい人だけど、実は怒るとこわいのだろうか。

「……あ、そういえば、先輩が指揮を執っていた専任チームの件は解決したんですか」

「まぁな」

「さすが先輩、仕事が早いですね。あの件についてはちらっと耳にしてましたけど、けっこう厄介でしたよね。捜査本部から上がってくる情報に二十四時間対処するのは大変だったんじゃないですか。それなのに着任早々、指揮を任されるんですから、それだけ加賀美先輩への期待が大きいってことですよね。俺も先輩くらい活躍できるようになりたいなぁ」

突然仕事の話になったけれど、このまま私が聞いていてもいいのだろうか。

でも、及川さんの言葉から加賀美さんの有能さが伝わってきて、やっぱりすごい人なんだと実感する。

尊敬の眼差しで見つめると、加賀美さんから深いため息が聞こえた。

「及川、話を逸らすなよ。俺を持ち上げたところで、こそこそと後をつけてきた件についてはしっかり説明してもらうからな」

「ですよね～」

加賀美さんにぴしゃりと言われて、及川さんが苦笑する。

「えっと、先輩が珍しく早く帰ってるから、このあと大切な予定でもあるのかなと気になって後をつけました。ごめんなさい」

「お前なぁ」

「でも後をつけて正解でした。まさか加賀美先輩にこんなにかわいい彼女がいるなんて。課長が警備局エースの加賀美先輩は仕事ひと筋で女っ気がなさすぎると心配していたので、俺から報告しておきますね」

「しなくていいよ」

加賀美さんがあきれたようにため息をついた。

「それに千晶ちゃんは俺の彼女じゃない。佐波さんの娘さんだ」

「佐波さん？……あ！　佐波さん」

ハッと思い出したような及川さんの反応を見て、彼も父を知っているのだと気づく。

「えっ。加賀美先輩それはまずいですって。佐波さんの娘さんに手を出したんですか。

投げ飛ばされても知りませんよ」

「だから手は出してないよ……まだ」

小さな声で『まだ』と聞こえた気がするけれど気のせいだろう。加賀美さんが私に手を出すなんてありえないし。

それよりも及川さんの言葉が気になる。

「あの、投げ飛ばされるって？」

加賀美さんに尋ねると、彼は苦笑を浮かべた。

「柔道だよ。昔よく佐波さんに相手してもらってたけど一度も勝てなくて」

「加賀美さんがですか？」

「そ。完敗だった」

恥ずかしそうに笑う加賀美さんに同意するように、及川さんが深くうなずく。

「佐波さんは最強ですからね。俺も容赦なく投げ飛ばされたなぁ」

及川さんも父と手合わせをしたことがあるのだろう。

ふたりとも父よりも背が高くて体格もしっかりとしているのに、父にはかなわなかったんだ。

よく柔道着を家に持ち帰ってきていたから、父が柔道をしているのは知っていた。

でもまさか最強だったなんて。

「それで、加賀美先輩はどうして佐波さんのお嬢さんと一緒にいるんですか」

及川さんが不思議そうな表情で私と加賀美さんを交互に見た。

「さっきまでスーパーで買い物してましたよね。同棲中のカップルみたいでしたよ」

「カ、カップル⁉」

そんなふうに例えられたのが恥ずかしくて、思わずぎょっと目を見開いた。

ちらっと加賀美さんに視線を送る。とくに表情を変えることなく及川さんの言葉を受け流している彼を見て、私も落ち着くことにした。すんと表情をもとに戻す。

すると及川さんがにやにやした顔で加賀美さんに詰め寄った。

「俺全部知ってるんですよ。スーパーで購入したものから考えて、今日の夕食はカレーですね」

「そんなところまで見てたのか。お前気持ち悪いな」

「うっ……」

加賀美さんの冷静な返しにショックを受けている様子の及川さん。けれどすぐに気を取り直したようだ。

「俺の観察力をなめないでください」

及川さんがえっへんと腰に手をあてる。すぐに加賀美さんから「尾行は下手くそだけどな」と冷静に返されて、威張ったような態度から一転してしゅんと肩を落とした。

「バレてない自信あったのになぁ」

さっきから喜怒哀楽がわかりやすい及川さんが微笑ましくて、くすっと笑ってしまった。

私よりも四つ年上だけど年下みたいなかわいらしさのある男性だ。でも彼だって加賀美さんと同じ警察官僚なのだから、人は見かけによらない。

そんなことを思っていると、どこからかスマートフォンの鳴る音が聞こえた。

「うわ、嫌な予感」

及川さんが顔をしかめる。

どうやら彼のスマートフォンが着信を知らせているようだ。

スーツのポケットから取り出して画面を見た及川さんが「予感的中」とぼやいた。

「早く出た方がいいんじゃないか」

加賀美さんに促されて及川さんは、なぜかふて腐れたようにスマートフォンを耳にあてた。

「はい、及川。――わかりました、戻ります」

要件だけを聞いてすぐに通話を終えた及川さんが、スマートフォンをスーツのポケットに戻す。

「呼び出しか？」

加賀美さんに尋ねられて「そうです」と及川さんがうなずいた。

「俺も一緒にカレーを食べたかったけど、ちょっと行ってきます」

「誰もお前を誘ってないから早く行け」

「そんな、ひどいっ」

突き放す加賀美さんの言葉に、及川さんがわざとらしくショックな顔をつくる。

「ほら、早く行かないと」

あきれたような加賀美さんの声に促されて、及川さんは渋々といった様子で私たちに背中を向けた。

「俺のカレー残しておいてくださいね」

そう言い残して、及川さんは駅の方に向かって走っていった。

遠ざかっていく背中を見送りながら、ふと気になったことが口に出る。

「及川さん、職場で私たちのこと話したりしないですよね」

「恋人に見えたって？　それなら否定したから大丈夫じゃないかな」

「なんだかすみません。また間違われてしまって」

以前も立花くんに誤解され、広場で会った男の子たちにも恋人同士に見られたのを思い出す。

どうして加賀美さんと一緒にいるだけで勘違いされてしまうのだろう。及川さんの話にもあったように、彼はエリート組織の中でも期待されるような優秀な人なのに。私と恋人に間違われるなんて、迷惑に違いない。

「俺はかまわないから気にしないで」

「はい……」

「まだなにかあるの？」

浮かない表情を浮かべる私を加賀美さんが見つめる。

私たちが恋人同士ではないと及川さんには伝えた。でも加賀美さんと私がスーパーで買い物をして、彼の自宅に向かっているのは事実だ。

恋人でもないのに一緒に行動している私たちを見て、及川さんはどう思ったのだろう。もしもこのことを及川さんが同僚の人たちに話したとして、私と加賀美さんの関係が職場内で広まったらどうしよう。

彼の職場には父の知り合いがいるかもしれないし、その人を通して父の耳に入るかもしれない。そうしたら父は必ず私に加賀美さんとの関係を尋ねてくるはずだ。

同居している説明をするには、私が不審な男に後をつけられている話も一緒にしなければならない。

でも、できれば父には言いたくなかった。大切な手術の前というのもあり、できるだけ心穏やかに過ごしてほしいから。私のことで心配はかけたくない。

そんなモヤモヤを加賀美さんに打ち明けると、彼は「大丈夫だよ」と優しく微笑む。

「俺の後をつけ回してはいたが、あいつは人のプライベートをぺらぺらと話すようなやつじゃないから安心して。ああ見えても警察官だから口は堅い」

ただ……と、加賀美さんが付け足す。

「俺と千晶ちゃんがどうして一緒にいるのかは気にしてるだろうから、事情を説明するけどいいかな？」

「はい。それはかまいません」

私が不審な男に後をつけられていることが父の耳に入るかもしれないという不安がひとまずは消えて、ほっと胸をなで下ろした。

帰宅後は、買った食材を冷蔵庫に入れた。

加賀美さんには先にシャワーを浴びてもらい、その間に夕食の支度に取りかかる。

カレーは子どもの頃、父のために初めて作った料理でもある。あの頃は、切った野菜と肉を炒めて市販のルーを入れただけのごく普通の味だった。それでも父がおいしいおいしいと食べてくれたのがうれしかった。

もっとおいしいのを作りたくて、市販のルーに隠し味を加えたりして自分なりのカレーを生み出したのだ。それを今日初めて加賀美さんに食べてもらうが、口に合うだろうか。

シャワーを浴び終えた彼がリビングに戻ってきた。

もう少し煮込みたいので彼には待ってもらって、私も先にシャワーを浴びる。再びリビングに戻る頃にはカレーはいい具合に煮詰まり、おいしそうに完成していた。

炊きたてのご飯にたっぷりとルーをかけて完成だ。それにサラダも添えてテーブルに並べる。

「どうですか?」

さっそくひと口食べた加賀美さんの反応をじっと待つ。

待ちきれなくて尋ねると、加賀美さんがにこっと微笑んだ。

「うん、おいしい。今まで食べたカレーの中で一番。佐波さんが絶品だって言うだけあるよ」

「本当ですか。お口に合いました？」

「ああ。お代わりしたいくらいだ」

ぱくぱくとカレーを口に運ぶ加賀美さんに、私も自然と笑みがこぼれる。

「よかった。いっぱい作ったのでたくさん食べてくださいね」

私もカレーを口に含んだ。今日も上出来。お父さんにもまた食べてもらいたいな。

手術が成功して父が元気に退院する日を思い浮かべながら、加賀美さんと一緒にカレーを食べた。

夕食が終わると加賀美さんがお皿を洗ってくれた。

カレーを作ってくれたお礼だからと言われたけれど、そもそもベッドを貸してもらっているお礼に夕食作りをしているのだからこれでは意味がない。

なにか手伝うため、加賀美さんの洗ってくれたお皿を布巾で拭いた。

ふたりで手分けして片づけをしたのであっという間に終わり、寝る時間にはまだ早く、ソファに座ってテレビを見ながらくつろぐ。

「チャンネル変えてもいいよ。ドラマとか見る？」

「いえ、このままで大丈夫です」

加賀美さんが見ているのは情報番組。今日起きた出来事などをまとめて取り上げていた。
時刻は午後十時。
だんだんと睡魔に襲われて瞼が閉じそうになるが、ふと聞こえてきたニュースに
ハッと意識が引き戻された。
アナウンサーが読み上げているのは痴漢に関する話題だ。電車内で起こるその犯罪
をどう防ぎ、対応していくのかという特集が組まれている。
自然と体が強張るのがわかり、ソファの上で膝を抱えて座る手に力がこもった。
「いつも思うが、こういう事件は悪質で許せないな」
隣で同じニュースを見ている加賀美さんがぽつりとこぼす。
「痴漢被害に遭ったときは周囲に助けを求めるよう促してはいるけど、いざとなった
ら声をあげるのはハードルが高い。とくに女性はな」
そう話す彼の表情は真剣で、警察官としての一面が垣間見える。
「たとえ声をあげられたとしても、一度被害者の心についた傷はなかなか癒えること
はない。きっと本人はずっと苦しむはずだ。だから、こういう事件は絶対に未然に防
がないといけない」

被害者の気持ちに優しく寄り添うような加賀美さんの言葉に、強張っていた体から力が抜ける。

あまり人に話せないでいたけれど、ふと過去に起きた被害について打ち明けようと思えた。彼ならしっかりと受け止めて、理解してくれるはずだ。

「加賀美さん。実は私、高校一年生のときに痴漢被害に遭ったことがあるんです」

「えっ」

突然の告白に、加賀美さんの視線が驚いたように私に向けられる。

それから私はさらに詳しく話し始めた。私の話に黙って耳を傾けながら、彼の表情が少しずつ険しくなる。

すべて話し終えると「許せないな、その男」と彼は低い声で吐き捨てた。

「高校一年生の頃だから、俺と出会う一年前か」

「はい」

加賀美さんと初めて会ったのは私が高校二年生のとき。酔っ払った父を自宅まで送り届けてくれたのが加賀美さんだった。

「それが原因で男の人に触ったり触られたりするのがこわいんです」

「そうだったのか。話してくれてありがとう」

加賀美さんは優しい声でそう言うと、申し訳なさそうに眉を下げる。

「ごめん。俺に触られるのも嫌だったろ」

彼がすっと頭を下げる。その視線が私に戻り、真っすぐに見つめられた。

「でも俺は、この先も千晶ちゃんを守っていきたい」

「加賀美さん？」

「ずっと前から好きだった」

まるで告白のようなセリフにぶわっと全身が熱くなる。いや、これはきっと告白だ。

お互いの視線が絡み合い、トクンと心臓が高鳴った。

加賀美さんが私を好き？

夢でも見ているのだろうか。それくらい信じられない。過去の被害を打ち明けたことからまさかこんな展開になるなんて。

「えっ、あの、えっと……」

じわじわと頬に熱を持ち、動揺している顔を見られたくなくてうつむいた。

「いきなりごめん。今打ち明けることじゃないかもしれないけど、自分に起きたつらい出来事を勇気を出して話してくれた千晶ちゃんを、これからも守っていきたいと思ったんだ」

加賀美さんの真剣な眼差しに射抜かれて、体の奥がきゅんと疼く。

きっと彼は本気で私に想いを伝えてくれている。だから私もしっかり答えを出さないといけない。

うつむいていた顔を上げて彼を見つめた。

「今でもまだ男の人に触られるのがこわいです。でも、加賀美さんは大丈夫だったんです。触られてもこわくなかった」

手をつないだときも、髪をなでられたときも体が震えなかった。

トラウマを克服できたわけではないと思う。立花くんに触られたときはこわかったから。

たぶん加賀美さんだけが大丈夫なんだ。

「どうして俺だとこわくないんだろう？」

彼の質問に、私は自分の気持ちをはっきりと口にする。

「加賀美さんが、好きだからだと思います」

そう言葉にした瞬間、顔がカッと熱くなるのがわかった。

いつから彼に惹かれていたのかはわからない。でもたぶん最近ではないように思う。

父を訪ねてうちによく遊びに来ていた頃から、もう好きだったのだ。

でも、男の人に触れない私は彼氏をつくってはいけない。そう思っていたから、加賀美さんを好きだという気持ちにストッパーをかけていたのかもしれない。

加賀美さんが触れてくれて、彼なら大丈夫だと気づいたことで想いがじわじわとあふれてきた。

彼が私を見つめて優しく微笑む。

「抱きしめてもいい？」

「はい」

うなずいたと同時に、加賀美さんの腕が私の背中に回りそっと引き寄せられた。

「大切にする」

抱きしめる腕にぎゅっと力がこもる。逞しい彼の胸に私はぴたりと頬をくっつけた。

加賀美さんだとこわくない。むしろこうされているととても安心できる。やっぱり私は彼が好きなんだ。

ずっとこうして抱きしめられていたかったけれど、加賀美さんの腕の力が弱まり私の体をそっと離した。

頬に手を添えられ、私の反応を確かめるようにゆっくりと彼の顔が近づいてくる。

目を閉じた次の瞬間、お互いの唇が重なった。

優しく吸いつくように触れて、そっと離れる。

「大丈夫？」

加賀美さんが私の髪をそっとなでた。

こわくないか気遣ってくれているのだろう。その優しさに、ますます彼への想いがあふれてくる。

「はい。大丈夫です」

私の返事を聞いた彼の手が耳裏に回り、頭を引き寄せられた。再び重なった唇はさっきとは違い、角度を変えながら少しずつキスに激しさが増していく。

「……んっ」

どこで息をしていいのかわからず苦しくなり、声が漏れた。

加賀美さんがすぐに唇を離してくれる。再びぎゅっと抱きしめられ、私からも彼の背中に腕を回して抱き着いた。

耳もとに寄せられた唇がそっと動く。

「この先に進みたいって思うんだけど、どうかな」

ささやくような甘く低い声にドキッと胸が高鳴る。この先とはつまり……。

「嫌なら待つ。だから、正直に答えていいよ」

私を見つめる加賀美さんの瞳は熱をはらみ、いつも穏やかな彼の初めて見るオスの顔にぞくりと体が震えた。

恐怖心からではない。ひとりの女性として求められているのが伝わり、体の奥底が甘く疼く。

「嫌じゃないです」

私は小さく首を横に振った。

「ただ、ここではちょっと恥ずかしいので……」

男性と〝そういうこと〟をするのが初めてなので緊張はある。できれば明かりのついたリビングのソファではない場所がいい。

私のお願いを聞いた加賀美さんの唇がゆったりと弧を描く。

「もちろん。俺も千晶ちゃんをちゃんと愛せる場所がいい」

加賀美さんは私を軽々と抱き上げて立ち上がった。そのままリビングを後にして、向かったのは寝室だ。

ベッドの上に座らされると、その隣に彼も腰を下ろした。

「こわいと思ったらすぐに言って」

加賀美さんの腕に肩を抱かれ、引き寄せられると髪にキスを落とされた。それから、おでこ、瞼、頬へと彼の唇が落ちてくる。ちゅ、と啄むようなキスを耳にされた瞬間、体がピクッと小さく跳ねた。

唇を離した加賀美さんが私の顔を覗き込む。

「嫌だった？」

「いえ。ちょっとくすぐったかっただけです」

こわかったわけじゃない。そう伝えると、加賀美さんは安心したように微笑む。

「よかった」

彼の手が私の頬を優しく包む。ふと私からも触れてみたくなり、彼の手の上に自分の手を添えた。

「加賀美さんの手、とても温かいです」

目を閉じて、私に触れる加賀美さんの温もりを確かめる。心地がよくて、心の底から満たされる気持ちになるのはどうしてだろう。

彼の大きな手をぎゅっと握りながら、自分から頬をすり寄せる。目を開けると加賀美さんは少し困ったように笑っていた。

「優しくしたいのに、あまり俺を煽らないでくれ」

「加賀美さ……んっ」

頭を引き寄せられて唇が重なる。

リビングでしたときとは違う噛みつくような激しいキスに、少しずつ体の力が抜けていく。

「口、開けてみて」

言われるがまま薄く口を開いた。唇が重なり、彼の舌がするりと忍び込んでくる。

とっさに奥に引っ込めようとした私の舌はあっという間につかまった。

頬に触れていた手が耳の縁をたどり、頭のうしろへと回る。そのままゆっくりと押し倒された。

ぎしっとベッドが軋み、加賀美さんが私に覆いかぶさる。

「ずっとこうして触れたかった」

加賀美さんは私の濡れた唇を指でそっと拭うと、すぐにまたキスをした。唇の隙間から割り込んできた舌が、口内をねぶりながらかき乱す。

体から力が抜けて、頭がふわふわと心地いい。気がつくと彼から与えられるキスに夢中になっていた。

とろけてしまうほどうっとりとして、キスがこんなに気持ちのいいものだと初めて知る。

男性に触れられるのがこわかった私には、想像すらできなかったことだ。

彼の手が上着の裾から差し込まれ、肌に直接触れた瞬間、思わずビクッと体が震える。加賀美さんと目が合うと、優しく髪をなでられた。

「……ひゃっ」

「大丈夫、こわいことはしない。気持ちよくさせたいだけだから」

ゆるゆると腰をなでられ、彼の指が少しずつ上がっていく。ブラの上から胸に触れた瞬間、「んっ」と思わず声が漏れてきゅっと目をつむった。

背中に回った加賀美さんの手がパチンとブラのホックをはずし、上着を首までゆっくりたくし上げられる。

あらわになった胸に直接触られて、思わず身をよじった。

すると加賀美さんが突然私から離れて起き上がり、ベッドの上で両膝をついた。手をクロスさせ、着ている上着の裾を持って引き上げる。あらわになったのは鍛え抜かれた胸もとと腹筋。

脱いだ上着をベッドの下に落とし、再び私に覆いかぶさる加賀美さんの体をじっと見つめる。

すると、彼がふっと優しく微笑んだ。

「触ってみる?」

手を取られ、ゆっくりと加賀美さんの胸もとへと誘われる。ためらいがちに触れたそこは、見た目通りがっしりとしていた。

「きれい……」

ほうっと息を吐いてつぶやく。

きっとこの場所は私だけが触ることを許されているのだと思うと心が甘く満たされて、加賀美さんに触れる手を離したくないとさえ思ってしまう。

男性の体に触るのすらこわかったのに、こんなにも大胆になってしまうなんて。

その後も筋肉質な肌をなでているとその手をぎゅっと掴まれた。

「十分触ったか。次は俺の番だ」

手首をシーツに縫いつけられ、加賀美さんの顔が私の胸へと向かう。膨らみに熱い舌が触れた。

「んぁ……っ」

こんな声が自分から出るのかと思うほど甘い声が漏れる。

触れられてこわいどころか、気持ちよくてどうにかなってしまいそうだ。

「もっと千晶が欲しい」

唇をぺろりと舌でなめた加賀美さんが、再び私に深いキスを落とす。

私のトラウマを受け止めて優しく解き放してくれるかのように、彼は私を甘く抱き続けた。

恋人とデート

ふわりと意識が浮上して瞬(まばた)きを繰り返す。

重たい瞼を持ち上げると、カーテンの隙間から差し込むまぶしい光が、朝がきたことを教えてくれる。

ここは加賀美さんの家の寝室。だいぶ見慣れてきた天井をぼんやりと見つめながらまだ眠たい目をこすった。

「おはよ」

隣から声が聞こえて視線を向ける。そこには加賀美さんがいて……。

昨夜、彼にたっぷりと抱かれたことを思い出した途端、ぶわっと恥ずかしさが込み上げる。けれど、彼と深くつながることができた幸福感も同時に思い出して、心が満たされていく。

初めて男の人と体を重ねた。でも少しもこわくなかった。それどころか気持ちよくてもっと触ってほしいと思ったし、私も触りたいと思った。

加賀美さんだから大丈夫だった。

「おはようございます」

挨拶を返すと、加賀美さんの男らしく骨ばった手が私の腰をそっとなでた。

「体は大丈夫？」

「はい、たぶん」

「ごめん。ちょっと無理させちゃったかな」

申し訳なさそうに言いながら、優しく目を細めた彼が私を見つめる。ふと昨晩の行為が鮮明に思い出され、体の奥がきゅんと疼いた。

「千晶」

加賀美さんが私を引き寄せ、自身の胸に閉じ込める。お互いの肌がくっつき、昨晩の行為のままどちらもなにも身に着けていない状態だと気づいた瞬間、ドキッと胸が小さく跳ねた。

けれど次第に、直接感じることができる彼のぬくもりに胸が甘く締めつけられる。

いつまでもこうしていたい気分だ。

加賀美さんの腕の力が弱まり、私の体をそっと離した。

「起きれそうならシャワー浴びる？」

「はい」

そう促されてベッドからゆっくりと起き上がる。

ふとお互いになにも身に着けていないのを思い出して、慌てて首もとまでかけ布団を引き上げた。

「加賀美さんにお願いがあります」

「なに？」

うしろから聞こえる加賀美さんの声が、いつにも増して優しく甘く聞こえる。

「ちょっとだけ目をつむっていてもらえませんか」

「目？　どうして」

「は、恥ずかしいので、その……」

私の体なんてもう加賀美さんにはすべて見られた。それでも明るい場所で改めて見られるのは恥ずかしい。

すると察してくれたのか、加賀美さんが「了解」とつぶやいた。

ちらっと振り向いて確認するときちんと目を閉じてくれている。

その間にベッドから抜け出て、普段から肌寒いときに着ている丈の長いカーディガンを手に取り急いで身にまとった。

それで体を覆い、移動して扉を開ける。閉める前にそっと顔を覗かせて「もういいですよ」と、目を閉じている加賀美さんに声をかけてから寝室を出た。

四月も下旬になり、日中はカーディガンなど薄手のものを羽織るだけで過ごせるようになった。

とはいえ朝晩はまだ肌寒いので、寒がりの私にはトレンチコートが必須アイテムだ。

動きやすいパンツスタイルで取引先を訪れた後、会社へ戻る前にお昼を済ませる。

午前の外回りから戻るときに、必ずといっていいほど利用するお気に入りの定食屋は、六十代のご夫婦が営む家庭的なお店だ。

母親がいない私は〝家庭の味〟というものを知らない。たぶんこんな感じなんだろうなと、この定食屋の料理を食べるたびに想像していた。

昼時とあって、近くのオフィス街に勤務する人たちも昼食を取りに来ている。ちょうどふたり掛けのテーブル席が空き、そこに案内された。

常連になりつつあるので、接客を担当している奥さんとは顔見知りで「いつものだよね」と、私の注文するメニューをわかってくれていた。

「はい。ミックスフライ定食です」

「はいよ。今日は特別にカキフライがつくからね」

いった。

「本当ですか。やった！」

よろこぶ私を見て笑みを浮かべた奥さんは、ご主人が料理を作る厨房へと戻っていった。

ここに来ると必ず注文するミックスフライ定食はアジフライ、コロッケ、ささみかつに大量のキャベツが添えられ、そこにご飯とお味噌汁と漬物がつくセットだ。

今日は特別にカキフライもつくらしい。

しばらくすると注文したミックスフライ定食が運ばれてくる。

「いただきます」

ゆっくりと味わいたいところだけど、午後一で会議があるのでそれまでには会社に戻らないといけない。

ぱくぱくと食べ進めて、最後の楽しみに取っておいたカキフライも食べ終えた。グラスの水を飲みほしてから席を立つ。

レジで会計を済ませて「今日もおいしかったです」と奥さんに挨拶をしてから店を出ようとした。

すると、入口付近に座っている三十代ぐらいのスーツを着た男性が「あっ」と小さな声をあげた。

振り向くとどうやらグラスを倒して、テーブルの上に水をこぼしたらしい。男性のスラックスが濡れている。

「大丈夫ですか」

すかさず近づいて声をかける。私と目が合った瞬間、男性の肩がびくっと跳ねた。とても驚いたような顔をされたのは、私が突然声をかけたからかもしれない。

バッグの中からハンカチを取り出して男性に渡した。

「これで拭いてください。まだ使っていないからきれいなので」

「えっ、いや、あの、でも……」

しどろもどろになる男性。余計なお世話だっただろうか。けれど男性はおそるおそる手を伸ばして私のハンカチを受け取った。

「……すみません。ありがとうございます」

人見知りなのだろうか。目を合わせてくれない。

「あらら、お水がこぼれちゃったのね」

そこへ布巾を持った奥さんが来て、テーブルにこぼれた水を拭きながら男性に声をかけた。

「お兄さんスーツ大丈夫？」

「はい、大丈夫です」

「すぐに新しいお水持ってくるからね」

奥さんが厨房に戻っていく。

ふと店内の時計が目に入り、私はぎょっと目を見開いた。

「いけない、もうこんな時間」

会議開始の時間が迫っている。間に合うだろうけれど急いだ方がよさそうだ。男性は私の貸したハンカチでスラックスを拭いていた。

「それ差し上げるので、私は失礼します」

「いえ、でも……」

男性がハッと顔を上げた。

ようやく目が合ったが今度は私がくるんと背中を向ける。そのまま店を飛び出した。

あのハンカチお気に入りだったのにな。

会社に戻る道を進みながらちょっとだけ後悔した。

でも自分から渡しておいて、まだ拭いている途中なのに取り上げるのも失礼だ。

仕方ない。あきらめよう。

うんとうなずいて自分を納得させてから、会社に向かうため歩くペースを速めた。

その日は仕事終わりに、父が入院している病院に立ち寄った。

手術をしないとごねていたときと比べて顔色がいいし機嫌もいい。

ベッド横のイスに腰を下ろすと、さっそく父が声をかけてくる。

「千晶。加賀美くんをどう思う？」

ベッドに座る父がにやにやと笑っている。

「どう思うって、どういう意味？」

質問の意図がわからず聞き返す。父はいっそう笑みを深くした。

「やっぱりいいやつだよな、加賀美くん」

「うん、そうだね」

むしろ親切すぎるくらいだ。

加賀美さんの自宅に暮らすようになって二週間以上が過ぎた。恋人関係になってからは一週間ほど経過している。

父にはまだ加賀美さんと同居していることも、恋人関係になったことも伝えていない。もちろん不審な男性に後をつけられていることだって話していない。

手術を控えているので余計な心配をかけさせたくないから。

父はこほんと咳払いをして、改まったように口を開く。

「いいか、千晶。もう知っていると思うが加賀美くんはいい男だ。そして独身。彼女はいない。たぶん」

「うん？」

ますます父がなにを言いたいのかよくわからない。

それに、加賀美さんの彼女ならここにいるんだけど……。

「加賀美くんは仕事もできるし将来有望。きっと出世コースに乗っているだろうから、未来の警察庁長官も夢じゃない」

「そうなんだ」

とにかく加賀美さんがすごい人だというのを私に自慢したいのかな。父に教えてもらわなくても知っているのに。

だんだんと父との会話が面倒になってきた。

「いや、警察庁長官になれば、親子で日本の警察組織のトップか。そうなったらすごいよな」

「ふーん……って、え⁉」

軽く聞き流そうとしたが、思わずイスから身を乗り出す。

「親子って？」

「なんだ千晶は知らなかったのか。お前はもっとニュースを見た方がいいぞ。今年新しく警視総監に就任したのは加賀美くんのお父さんだろ」

「そうなの⁉」

知らなかった。加賀美さんのお父さんってすごい人だったんだ。

初めて知った事実に腰を抜かして、力が抜けたようにイスにすとんと腰を下ろす。

加賀美さんのお父さんが警察官だというのは聞いたことがあった。でも、警視庁のトップを務めるほど優秀な人だったとは……。

その後も父から加賀美さんのエリートぶりを延々と聞かされて、一時間後にようやく病室を出た。

父親が警視総監で、自身も優秀な警察官僚である加賀美さんの彼女が私なんかでいいのかな。

そんな不安を植えつけられて病院を後にする。

電車に揺られて加賀美さんの自宅があるマンションの最寄り駅で降りた。

今晩の夕食どうしようかなと、冷蔵庫の中身を思い出しながら賑やかな表通りをとことこと歩く。近道をしようと人通りの少ない路地に入ったときだった。

すっと背後に気配を感じ、びくっと肩が跳ねる。

「こんばんは」

突然誰かに肩をぽんぽんと叩かれて「ひぃっ‼」と変な悲鳴が口から漏れ、歩いていた足がぴたりと止まる。

どうしよう、動けない。声からして男性だろうけれど振り返るのがこわい。

もしかして以前私の後をつけてきた男の人だろうか。警戒していたはずが、あれからなにも起こらないのですっかり油断していた。

この路地だって人通りが少ないからひとりのときは通ってはいけないと、加賀美さんに言われていたのに。

とにかく逃げないと。体、動け！

自分を奮いたたせてなんとか足を前に出した。そのまま全速力で走り出す。

「ちょっと待って。俺だって」

うしろから聞こえた男性の声が私を呼び止めている。

俺って誰⁉

「知りません。ついてこないで」

「逃げないでよ」

男の人が追いかけてくる。

こんなときに私の足もとはヒールのあるパンプスでとても走りづらい。あっという間に男の人に追いつかれた。

「つかまえた」

「きゃー‼」

手首を掴まれ、ドクンと心臓が大きく跳ねる。

震える足でなんとか踏ん張り、掴まれていない方の手でトートバッグを男の人めがけて振り回す。

「は、離して」

「痛っ。だから、かが——」

「どうして私の後をつけるんですか。警察呼びますよ」

「いやそれ困る。俺も警察だから」

「えっ」

顔を上げて男の人の顔をしっかりと見る。私の口から「……あ」と声が漏れた。

「加賀美さんと同じ職場の……」

　たしか、及川さんだっけ。

「やっと気づいてくれたかー。通報されなくてよかった」

　ほっとしたような表情を浮かべる及川さん。

「うしろからいきなり声かけてごめん。そりゃ驚くよね。俺が悪かったです」

　すっと腰を折って及川さんは頭を下げた。

「私の方こそバッグを振り回したりしてすみませんでした。痛かったですよね」

「それは大丈夫。それよりも——」

　及川さんがゆっくりと歩き出す。

「加賀美先輩から聞いたよ。今一緒に住んでるんだってね。俺も同じマンションだから送るよ」

「えっ、同じなんですか？」

「そう。ひとつ下の階。この前はカレーご馳走さま。めちゃくちゃおいしかった」

「お口に合ってよかったです」

　そういえば以前、加賀美さんが及川さんにお裾分けするからと、カレーを保存容器に詰めてふらりとどこかへ行ったっけ……。

　近くに住んでいるのかなと思ったけれど、まさか同じマンションのひとつ下の階だったとは。

先を進む及川さんを追いかけて隣に並んだ。

「加賀美さんももうすぐ帰ってきますか」

「先輩はまだかかな。あの人最近帰り遅いでしょ」

「そうですね」

「先輩の部署、今忙しいらしいよ」

「なにかあったんですか」

「ん〜。それは言えない」

及川さんは人さし指を口にあてて、ごまかすようににこりと笑った。

加賀美さんと晴れて恋人になった翌日、日曜日なのに加賀美さんは呼び出されて職場に行ってしまった。

夜になると帰ってくるけれど遅い時間で、翌日も朝早くに仕事へ向かう。

そんな生活だから、せっかく恋人同士になれたのに同じ家にいてもすれ違いの生活が続いていた。

「加賀美先輩から一緒に暮らしている理由も聞いた。誰かに後をつけられているんだってね」

「はい。以前から後をつけられていたような気がしていたんですけど、最近はなにもなくて」

だからそろそろ加賀美さんの家を出ていくべきだろう。でも彼を好きだと自覚して恋人になれた今は、離れたくない。

このまま加賀美さんといられたらな……。

「それでも用心するに越したことはないよ」

ふと声のトーンを落とした及川さんが、真剣な口調で言葉を続ける。

「一度でも後をつけられたからにはなにか理由があるはずだ。安全だってわかるまで油断しないように」

「はい」

初対面のときからかわいらしい印象が強い及川さんだけど、こうして真剣な口調で私に忠告してくれる姿はさすが警察官だ。

「加賀美先輩がいないときになにかあったら俺に連絡して。力になるから」

「ありがとうございます」

ちょうどマンションに着いたので、エントランスで及川さんと連絡先の交換をしてから、それぞれの部屋に戻った。

五月に入り長い連休が訪れた。

私はカレンダー通りの休日で加賀美さんも基本的には同じなので、ふたりの休みがたくさん重なっている。

忙しそうだった加賀美さんの仕事も落ち着いたようで、今日は恋人になって初めてのデートだ。

ランチに訪れたのは、誰でも一度は名前を耳にしたことがあるラグジュアリーホテル。上層階のフロアにあるレストランを加賀美さんが予約してくれた。

立派な外観を目の前にして思わず足がすくむ。こんな高級ホテルには一生縁がないと思っていたので、戸惑いを隠せない。

あらかじめ場所は教えられていたので、それなりの服装をして外見は整えてきたものの、気持ちの部分が追いつかない。

「どうした？」

隣に立つ加賀美さんに声をかけられハッとなる。

「い、いいえ。なんでもないです。すごく立派なホテルだなと思って見惚れてました」

私の言葉を聞いた彼が優しげに目を細めて微笑んだ。

「今から行くレストランも料理がとてもおいしいから期待してて」

「はい。楽しみです」

ふわっと頭をなでられ、強張っていた表情が自然と緩む。

高級ホテルのレストランに溶け込むことができるのか、テーブルマナーは大丈夫だろうかと、不安はあるものの、加賀美さんと恋人になってからの初めてのデートはやはりうれしい。

緊張ばかりしていないで楽しまないと。

そのとき、彼の方から着信音が聞こえた。

「ごめん、電話だ」

上品なネイビーのジャケットからスマートフォンを取り出して画面を確認した加賀美さんが「ちょっと話してきてもいいか」と申し訳なさそうな顔をする。

「仕事の電話ですか？」

「そう。すぐに戻るから先に中に入ってて」

「わかりました」

私がうなずいたのを見て、加賀美さんはスマートフォンを耳にあてながら人気のない場所に向かった。こちらに背中を向けて通話を続ける。

すぐに戻ると言われたものの、ぽつんと取り残されて寂しい気持ちが込み上げた。

でも仕事の電話なのだから仕方がない。きっとなにか急用があるのだろう。彼は日々私たちの安全を守る大切な仕事をしているのだからと、自分に言い聞かせる。

エントランスに向かって歩き出そうとしたとき、ふと男性の声が聞こえた。

「おーい、佐波」

振り向くと、道の反対側で立花くんが手を振っている。

私と目が合い、こちらに駆け寄ってきた。

「奇遇だな、こんなところで会うなんて」

「そうだね」

「俺はこれから映画観ようと思って。佐波は？」

彼の視線が私の背後にある立派な外観のホテルに向かう。その目が一瞬、鋭くなった気がした。

「もしかしてここに用事？」

「うん」

「それってこの前の彼氏と？」

立花くんの顔色が変わる。

そういえば誤解を解いていなかった。今となっては加賀美さんは私の彼氏で間違いないけれど、以前仕事終わりに立花くんと駅前で会ったときはまだ恋人同士ではなかった。

その誤解を解くタイミングがわからなくてそのままにしていたけれど、実際に付き合い始めたのだから今さらその話をする必要はないと思った。

「彼氏、見あたらないけど遅れてるの？」

「ううん、そうじゃなくて。さっきまで一緒にいたけど、急に電話が来たから向こうで話してる」

少し離れた場所にいる加賀美さんの背中を見つめる。話し込んでいるようで、電話はまだ終わりそうにない。

「もしかして相手、女だったりして」

「え……」

立花くんの言葉にドキリと胸が嫌な音をたてる。強張る顔を無理やり笑顔に変えた。

「そんなはずないよ。仕事の電話だって言ってたから」

「どうかな。それは嘘で浮気相手とかじゃないか。もしくはそっちが本命とか」

「違う！　彼はそんな人じゃない」

思わず大きな声をあげてしまう。加賀美さんが浮気なんてありえない。

彼をよく知らない立花くんにそんなふうに言われたくない。

仲良しで大切な同期だけど、さすがに今の発言は聞き捨てならなかった。

きっぱりと反論した私に、立花くんが不満そうに眉を寄せる。

「ずいぶんとあの彼氏のこと信頼してるんだな。でも男なんて単純だから、いい女がいたらコロッと落ちちゃうぜ。あの人は見た目がいいから寄ってくる女なんてたくさんいるだろうし、遊び放題なんじゃないか」

「加賀美さんは違う」

それ以上は聞きたくなくてとっさに両手で耳を塞いだ。

すると立花くんが私の両肩を掴み、覗き込むようにぐっと顔を近づけてきた。その瞬間、体がビクッと跳ねて、小刻みにぷるぷると震えだす。

やっぱり加賀美さん以外の男の人に触れられるのはこわい。

「は、離して」

抵抗しようとするけれど男の人の力にかなうはずもなく、むしろ立花くんは私の両肩を掴む手にさらに力を込めた。

「なぁ、佐波。やっぱり俺にしないか。あきらめられないんだよ、お前のこと」

立花くんはまっすぐ私を見つめたまま、いつもより低い声でそう言った。恐怖心から、私はぎゅっと強く目をつむる。

「振られてもまだ好きなくらい俺は佐波に一途だから。必ず幸せにする。頼むから、彼氏と別れて俺を選んでくれないか」

「それはできない頼みだな」

ふと聞き慣れた声が聞こえた瞬間、立花くんの手がすっと離れる。

閉じていた目を開けると、隣には加賀美さんが立っていた。その手は立花くんの手首を掴んでいる。

「人の彼女を白昼堂々口説くなんて、ずいぶんと度胸があるんだな」

加賀美さんが立花くんの腕をひねり上げた。

「彼女はあきらかに嫌がってただろ。これじゃあ暴漢と一緒だ」

「い、痛っ。痛いって」

腕が痛いのか立花くんは苦悶の表情を浮かべる。その目が加賀美さんを鋭く睨みつけた。

「あんたこそデート中に電話なんかしてんなよ。こそこそ誰と話してたんだよ」

「職場からだ。急な連絡で取らざるをえなかった」

立花くんの挑発的な言葉には乗らず、加賀美さんは冷静に答えた。立花くんがさらに口を開く。

「あんたが電話をしている間に、あんたと別れて俺と付き合ってほしいと佐波に伝えた。一度振られているけど俺はやっぱり佐波が好きだ。それくらい一途に想っている俺の方が佐波を幸せにできる」

「立花くんっ」

さすがにこれ以上は黙って聞いていられず声を出す。そんな私を加賀美さんは目で優しく制し、再び立花くんに向き合った。

「悪いが君の出る幕は一生ない。俺はこれから先、なにがあろうと彼女を手放すつもりはないからな。いいか、なにがあろうと、だ」

加賀美さんに射抜くような瞳で見つめられ、立花くんは口を開きかけたがなにも言えずに黙り込む。

「だからこれ以上、彼女にちょっかいを出すのはやめてくれないか」

有無を言わせない威圧感のある加賀美さんの低い声に圧倒されたのか、立花くんは棒立ちのまま動けず、ごくりとつばを飲みこんだ。

「次は見過ごさない。わかったな」

蒼白した顔で立花くんがうなずく。それから小さな声で「すみませんでした」と反省の言葉を呟いたところで、加賀美さんはようやく彼の手を離した。

解放された立花くんが慌てて立ち去っていく。その背中が人混みに消えて見えなくなった。

「大丈夫か」

先ほどまで立花くんに向けていた鋭さが消えて、私を見つめる加賀美さんは普段のやわらかい雰囲気に戻っている。

「大丈夫です」

私は笑顔で答えた。

「俺がこの場を離れたせいでこわい思いをさせたな。ごめん」

「加賀美さんのせいじゃないです」

申し訳なさそうに言う彼に向かって、私は首をぶんぶんと横に振った。それから立花くんが立ち去っていった方向を見つめる。

「本当は優しい人なのに。どうしてあんなことしたんだろう」

立花くんを初めてこわいと思った。

「それくらい千晶が好きなんだろ」

私を気遣ってくれているのか、加賀美さんの手が私の頭にぽんとのる。

「俺に取られてショックなんだよ。どうしても千晶と付き合いたかったから、つい強引に迫ったんだろうな」

「会社で会ったら、立花くんとふたりでもう一度しっかり話してみます」

「いや、それはやめた方がいい」

私の髪をなでながら加賀美さんははっきりとそう言った。

「それはきっと相手には酷だ。千晶は優しいから、あんなことをされても彼を責めたりしないんだろうけど、ここは距離を置いた方がいい」

加賀美さんの言葉には重みがあり、返す言葉をなくす。たしかにそうなのかもしれない。

「わかりました」

私は深くうなずいた。

「もしもまた彼になにかされたら、すぐ俺に言うんだぞ」

「はい」

さっきまでの恐怖心と不安がすっと消えて、ようやく笑顔になれた。それを見た加賀美さんが私を引き寄せ、つむじのあたりに軽く唇を落とす。

「か、加賀美さん⁉」

人前でのキスに頬がぶわっと熱を持つ。

「待たせてごめんな。ランチに行こうか」

「……は、はい」

彼の腕が私の腰に回り、エスコートされるようにエントランスをくぐった。

上層階専用のエレベーターで目的のレストランまで一気に上がる。

店内は落ち着いた雰囲気の内装で、壁一面の窓からは都内が一望できた。よく晴れているので眺望は最高だ。

フロアスタッフに案内されて窓際の席に案内された。テーブルの真ん中にはナプキンと合わせたクリーム色のバラが飾られ、上品な空間を演出している。

席に着くと加賀美さんがすでにコース料理を注文していたようで、すぐに運ばれてきた。

シャンパンで乾杯をして、前菜から順番に料理を堪能する。

「おいしい」

メインディッシュのお肉料理を口にした瞬間、あまりの衝撃に目を見開いた。あっという間に口の中でとろけたが、しっかりとした味わいが口の中に余韻として残る。

「以前、加賀美さんに連れていってもらったレストランの料理もおいしかったけど、ここのも格別ですね。ほっぺたが落ちそうです」

「かわいい表現するんだな。満足してもらえてよかった」

「加賀美さんはここの料理を食べに来たことはあるんですか？」

「一度だけ。そのときはディナーだったけど」

彼はそう言うと、ナイフとフォークを動かしてお肉を口に運ぶ。私も食事を続け、上品な味わいが口内に広がった。同時に胸の中にはモヤッとした感情が生まれる。

その一度は誰と一緒に来たんだろう。

ふと先ほどの立花くんの言葉を思い出す。私を置いて少し離れた先で電話をしていた加賀美さんを見て、浮気をしていると彼は言った。

もちろん信じていない。加賀美さんはそんなことをする人じゃないから。頭ではわかっていても、心の中には漠然とした不安が広がっていく。

モヤッとした気持ちを抱えたまま料理を食べ進めていき、最後のデザートが運ばれてきた。

ストロベリー、マンゴー、レモン、ピスタチオから好きな味を選ぶジェラートだ。

私はストロベリーを、加賀美さんはレモンをそれぞれ食す。

「そういえば、前に来たときはデザートが食べられなかったんだ。母親の誕生日祝いで両親と来たが、甘い物好きの母親に俺の分もあげたのを思い出したよ」

加賀美さんが苦笑する。

ジェラートを口に運んでいた私はほっと胸をなで下ろした。

「よかった。彼女と一緒に来たんじゃなくて」

うっかり心の声が口からこぼれた。あ、と思ったときにはもう遅くて、加賀美さんの耳にしっかりと届いたようだ。

スプーンを置いた彼が私を見つめて優しく微笑む。

「前にも言っただろ。俺にはしばらく彼女がいなかったって。ずっと千晶だけを想ってる」

加賀美さんの手が伸びてきて、テーブルの上に置いた私の手を優しく握り込んだ。

さっきまで感じていた不安がすっと消えて、胸がじんわりと温かくなる。

「ありがとうございます」

私の不安を消し去るような言葉を伝えてくれた彼の優しさがうれしかった。

食事を終えてレストランを出てからエレベーターに乗り込んだ。

「この後はどうしましょうか」

しっかりと予定を立てていたのはランチだけで、午後は未定だ。この辺りでのんびりショッピングをするのはどうだろうと思っていると、加賀美さんがにこりと微笑む。

「とりあえずフロントに行こうか。チェックインを済ませたいから」

「えっ」

「実は部屋を取ってるんだ。せっかくのデートだから今夜はここで過ごそうと思って」

レストランのランチだけでも贅沢だと思ったのに、さらにそんなサプライズまであるなんて。

うれしさと驚きで固まってしまい、反応が遅れる。

「嫌だった？」

そんな私を見て、加賀美さんは別の方向に捉えたようだ。

私は慌てて首を横に振る。

「嫌なはずありません。とてもうれしいです」

「それならよかった」

エレベーターを降りた私たちはフロントに向かい、チェックインを済ませてカードキーを受け取る。それから客室へと向かった。

「わぁ！　すごい……」

大きな窓からたっぷりと光を取り込む上層階の客室は、ゆったりとした広さのあるスイートルームだ。

「気に入ってもらえた？」

「はい、とっても」

まさかこんなに素敵な部屋に泊まれる日がくるとは思わなかった。

「ありがとうございます、加賀美さん」

「どういたしまして」

彼が私の腰をすっと引き寄せて顔を近づけると唇同士が重なる。ちゅ、と音をたてて離れた後、もう一度さっきよりも深くキスをされた。

「こうしてふたりきりになると千晶に触れたくてたまらなくなるが、それは夜にとっておいてショッピングデートでもしようか」

「は、はい」

長いキスの後で浅い呼吸をしながらうなずいた。

それから近くの商業施設でショッピングをして、夕食を済ませてから再びホテルに戻った。

広くて伸び伸びとしたバスルームで交代にシャワーを浴びる。

その夜、ふたりで一緒にベッドに入ると私に覆いかぶさった加賀美さんに噛みつくようなキスをされた。

「……ふ、ぅん」

酸素を求めて苦しげな声が漏れる。加賀美さんがゆっくりと唇を離して、苦笑を浮かべる。

「千晶はなかなかキスに慣れないな」

「ごめんなさい」

恋人同士になって初めて体を重ねた日から、加賀美さんとは何度もキスをしている。それでも慣れないのは事実で、いつも戸惑ってしまう。

「いや、責めてるんじゃないんだ。そういうところもかわいいなと思って」

加賀美さんの指が私の顎をすくい、くいっと上を向かせる。

「鼻で息して」

再び重なった唇からするりと彼の舌先が忍び込む。

「ん……」

言われた通り鼻で息をしてみる。それでも苦しげな吐息が漏れる。

彼の唇が首筋、鎖骨へと降りてきた。ガウンタイプのパジャマの腰紐を解き、背中に回った加賀美さんの手がブラのホックを器用にはずす。

あらわになった胸に唇を寄せ、彼が優しくキスをした。先端を口に含まれた瞬間、ひと際甘い声が漏れる。

「千晶、愛してるよ」

胸から唇を離した彼が私を優しく見下ろす。すぐに唇が触れ合いそうな距離にまで近づいてきた彼に、私も自分の気持ちを伝える。

「愛してます、加賀美さん」

抱かれるたびに彼の深い愛を感じて、愛しい気持ちが大きくなる。

再び唇が触れ合うと、どちらからともなく舌を絡め私たちはキスに夢中になった。

出会いと愛しさ

警察庁警備局警備企画課。

全国の公安警察のトップに立ち、日本全体の治安の維持を目的に、テロやスパイなどの反社会的活動を未然に防ぐための情報収集や分析といった業務を行う。それが俺の今の職場だが、極秘情報を扱うこともあり、たとえ家族だろうと職務内容については話せない。

入庁して今年で八年目。階級は警視。課長補佐として日々の業務にあたっている。

午後八時。山積みだった書類があと少しで片づきそうなところで内線が入った。

パソコンのキーを叩きながら、片手で受話器を取る。

「はい、加賀美」

『お疲れさまです、及川です』

刑事局にいる二期後輩からだ。

「どうした?」

『加賀美先輩、たまには一杯やりませんか』

「……は？」

飲みの誘いか。

内線でかけてくるなよとあきれながら短く息を吐き出す。

「今日か？」

『はい、できれば。加賀美先輩に話しておきたいことがあって』

「なに？」

『電話ではちょっと……。今夜会えませんか』

声のトーンを落とし、及川にしては珍しく真面目な口調で言うのでよほど大事な話なのだろう。

ちらっと時計に目を向ける。

「あと三十分もあれば上がれる。いつもの場所でいいよな」

『了解です。待ってますんで』

内線が切れた。

受話器を戻した俺は、残りの書類を片づけるため再びキーボードに手を置いた。

午後九時。及川の待つ居酒屋に到着。掘りごたつの個室だ。

とりあえず生ビールを注文し、及川が適当に食べ物を注文した。

それらがテーブルに届き、ジョッキを持った及川が「お疲れさまです」と、俺のジョッキに自身のそれをぶつけて乾杯をした。その後でおもむろに口を開く。

「加賀美先輩。千晶ちゃんって誰に尾行されているんですか」

突然飛び出てきた恋人の名前に片方の眉がぴくりと上がる。及川の話というのは、どうやら千晶のことらしい。

及川には彼女が不審な男に後をつけられていたことを話してあるので、気にしてくれているのだろうか。

及川はビールの入ったジョッキを静かにテーブルに置いた。

「実はこの前、仕事終わりに乗る電車が千晶ちゃんと一緒だったんです。少し離れているところに立っていたから電車を降りてから声かけようと思って見ていたら、俺のほかにも彼女を見ている男がいると気づいて」

「そいつの特徴は？」

「スーツを着ていました。あとは眼鏡をかけていたかな。年齢はおそらく三十代かと」

カフェレストランで彼女を見ていた男の特徴と一致している。

及川が枝豆を食べながら続きを話す。

「駅で電車を降りてからも男が尾行を続けていたので、俺もその後を追うことにしました。千晶ちゃんは気づいてないみたいだったけど」

「それで？」

「男がスマホでどこかに連絡を取っていました。なにを話しているのかまでは聞こえなかったけど、様子からして電話で千晶ちゃんの行動を逐一どこかに報告しているような感じでしたね」

「報告？」

いったいどこへ？

尾行している男たちに組織的なにおいがして胸騒ぎがする。

「後をつけられていたことを千晶には話したか」

「いえ、気づいてないっぽかったんで、こわがらせるのもかわいそうだから言いませんでした」

及川はそう答えると、焼き鳥をがぶっとかじった。

「そうか。ありがとう」

知らないならその方がいい。及川の言う通り、彼女をこわがらせたくはないから。

俺が常にそばにいられたらいいがそういうわけにもいかない。ひとりで過ごす時間の方が断然多い。

千晶はあれ以来誰にも後をつけられていないと話していたが、及川の話を聞く限りだと気づいていなかったのだろう。

たしかに、こっそりと尾行されて気づけることの方が稀だと思う。

「ストーカーよりも厄介なにおいがぷんぷんしますよね。なにかの事件に巻き込まれていないといいけど」

ビールを飲みほした及川がタッチパネルで二杯目を注文する。

「先輩も次なにか飲みますか」

「いや、俺はまだこれが残ってるから」

ジョッキにはビールが半分以上も残っている。最初に口をつけてからひと口も飲んでいなかった。

「心配ですよね」

「まぁな」

及川の言葉にうなずいた。

「手がかりが少なすぎて、彼女の後をつけているやつらの正体を特定するのが難しい」

「ですよね。俺も力になりますんで」

「さんきゅ」

軽く笑顔をつくり、半分以上ビールが残っているジョッキに口をつけた。

午後十時半には店を出て、及川とともにマンションに帰宅。

それぞれの階へと別れてから自宅の扉を開けた。

玄関にある俺のよりも小さな靴を見て、ほっと胸をなで下ろす。

今日も無事に俺の家に帰ってきている。毎日それを確認するたびに安堵しているが、今日はさらにその思いが強い。

『なにかの事件に巻き込まれていないといいけど』

及川の言葉のせいかもしれない。

「おかえりなさい、加賀美さん」

リビングに入ると、まだ起きている千晶が駆け寄ってきた。

「ただいま」

思わずその体を強く引き寄せた。

風呂上がりなのだろうか。彼女からは俺が使っているものと同じシャンプーの香りがして、独占欲が満たされる。

「加賀美さん？」

抱きしめる腕の中でもぞもぞと動いた千晶が俺を見上げる。普段よりも強い抱擁を受けて不思議そうな表情を浮かべていた。

そのマシュマロのように白くてやわらかい頬に手を添えて、そっと唇を重ねる。一度離してから角度を変えてまた口づける。唇の隙間から舌を差し込んで絡めると、彼女から甘い声が漏れた。

それだけでぞくりと体が熱を持つ。

「――千晶」

唇を離してから彼女を持ち上げて抱っこするとソファに向かう。そこに千晶を下ろしてからゆっくりと押し倒した。

華奢な体に覆いかぶさり、再び唇を重ねる。

彼女がかわいくてたまらない。

初めて会ったあの日から、ずっと……。

今から七年前、初めて配属された警察署で佐波さんと出会った。

佐波さんは俺たち新人や後輩から質問を受けてもわからないことはなく、なんでも答えてくれるような安心感のあるベテラン。上司や幹部からも頼りにされていて、周囲から一目置かれている存在だった。

仕事の能力に対して階級が低かったのは、出世には興味がなかったからだろう。『頼みますから昇任試験を受けてください』と、年下の上司にお願いされているところに出くわしたこともあった。

佐波さんは現場に出ているのが好きなのだと思う。階級を上げることだけを考えているやつらよりもよっぽどかっこいい。

俺にとって佐波さんは憧れだ。

自惚れかもしれないが、佐波さんも俺を実の息子のようにかわいがってくれていると思っている。

佐波さんとプライベートでもよく飲みに行くようになったある日。アルコールに強い佐波さんにしては珍しくかなり酔ったときがあった。

ひとりで帰すのが心配で、タクシーで家まで送っていくことにした。

そのとき俺たちを迎えてくれたのが、当時高校二年生の千晶だ。

彼女に案内されて、佐波さんを寝室へと連れていき布団の上に寝かせる。だいぶ酔っている佐波さんは寝息を立てて眠ってしまった。

そこで俺は帰ろうとしたのだが、『お礼にコーヒーでも飲んでいきませんか』と引き止められたのでそうすることにした。

リビングのテーブルに向かい合って腰を下ろし、彼女が淹れてくれたコーヒーに口をつける。すると彼女が困ったように眉を下げて、独り言のようにぽつりと言った。

『お父さん、今日は絶対に酔いつぶれて帰ってくると思った』

その根拠が気になって尋ねると、彼女はどこか寂しそうに笑った。

『お母さんが私と父を捨てて家を出ていった日なんです、今日』

佐波さんが男手ひとつで娘を育てているシングルファザーだというのは知っていた。どうして奥さんがいないのか気にはなっていたが、家庭の事情に踏み込んではいけないと思って聞けずにいた。でもまさかそんな理由だったとは。

『私は当時七歳だったけどよく覚えています。荷物を持って家を出ていく母の背中を』

彼女が悲しげに瞼を伏せる。

初対面の俺に話す内容にしては重たいが、きっと彼女も今日という日を迎えるたびに母親が家を出ていった当時を思い出してつらくなるのだろう。

そんな胸の内を吐露したくて俺に話しているのだろうと思うと、胸が締めつけられるようだった。

『それはつらいな』

思わず呟くと、千晶はうつむいていた顔を上げて笑顔をつくった。

『しばらくはつらかったし悲しかったし寂しかったけど、父が支えてくれたので立ち直ることができました。今はもう大丈夫です』

彼女がちらっと視線を向けたのはリビングボード。そこには写真が飾られているのだが、写っているのは千晶と佐波さんだけ。

『でも父はまだ立ち直れていないのかな。毎年この日だけは酔いつぶれるまでお酒を飲んで帰ってくるんです』

そう言って彼女は俺に視線を戻して苦笑した。

『加賀美さん、今日は父に付き合ってくださってありがとうございました。加賀美さんのことは父から話をよく聞いています。とっても仕事ができる真面目でいいやつだって』

『佐波さんがそんなことを?』

『はい。これからも父をよろしくお願いします』

ぺこりと頭を下げる彼女に『こちらこそ』と答えて、俺も深く頭を下げた。

俺が彼女に抱いた第一印象は強い女の子。

母親が家を出ていくというつらい経験をしたにもかかわらず、それを乗り越えて気丈に振る舞う彼女に惹かれた。

その日をきっかけに佐波さんが自宅に誘ってくれるようになり、佐波さんとお酒を交わしながら千晶の手料理をご馳走になる日が増えた。

お酒を飲まずに食事だけをいただいた日は、まだ高校生の彼女に勉強を教えたり、進学先に悩んでいるというのでアドバイスをしたりするなど相談に乗っていた。

『加賀美さんに話すと、なんでもすぐに解決できちゃう気がするんです』

屈託のない笑顔でそう言われるたびにくすぐったい気持ちになり、頼られているのだと思うとうれしかった。

もっと俺を頼ってほしい。彼女の力になりたい。

いつの間にか俺は、尊敬する佐波さんと話すことよりも千晶に会いたくて佐波さんの自宅を訪ねるようになっていたのだと思う。

そんな日々が五年ほど続いたある日。俺に異動の内示が出て、北海道警察本部への出向が決まった。

これまでも異動はあったが、今までで一番の遠い距離。真っ先に思い浮かんだのは千晶だった。

北海道に行ってしまえば今までのように頻繁には彼女に会えなくなる。そう思ったとき、初めて俺は恋心を自覚した。

だからといって尊敬する人の娘である彼女にやすやすと想いを伝えることはできず、仕事の引き継ぎや引っ越しのための荷造りに追われている間に北海道へと旅立つ日がきてしまった。

今度はいつ会えるかわからない。俺に対してなんの感情も抱いていないだろう彼女は、この会えない期間のうちに俺なんて忘れてしまうはず。

悲しかったが、それが現実だと受け入れて仕事に打ち込んだ。

二年で出向が終わり警察庁に戻ってきた俺は、噂で佐波さんが入院していると知り、心配で駆けつけた病院で思いがけず千晶と再会した。

会えなかった二年間、千晶へ向けた好意をよく抑えられていたものだと自分でも不思議に思うくらい、彼女への想いがあふれるのを感じた。

出会った日から今日までのことを思い起こしながら、隣で眠る千晶を見つめる。

カーテンの隙間から差し込むやわらかな朝の日差しが、寝室を優しく照らしている。

昨夜は帰宅早々、彼女をソファに押し倒した。寝室のベッドに移動してからも夢中で求め続け、気がつくと日付が変わっていた。眠った千晶をベッドに残し、シャワーを浴びた俺も寝室に戻ってからはすぐ眠りに落ちた。

ヘッドボードに置いてある時計は午前八時を指している。今日はふたりとも仕事が休みなので、急いで起きる必要はない。

ぴたりと俺の胸に顔を寄せて眠る千晶を見つめて、自然と頬が緩んだ。

昨夜は俺のペースに合わせてだいぶ無理をさせた自覚がある。ぐっすりと眠る彼女を起こすのはかわいそうだと思いつつ、どうしても触れたくなってやわらかな髪に指を通した。

千晶が俺の家で暮らすようになって一カ月が過ぎようとしている。

初めの頃は寝る場所を別にしていたが、恋人になった今は同じベッドで眠っている。目が覚めて隣に眠る彼女の寝顔を見つめるこの時間が、俺にとってはたまらなく平和で幸せな時間だ。

誰にも奪われたくないし、奪われないように千晶は必ず守ると誓っている。

やわらかな髪に指を通していると、彼女の瞼がゆっくりと開いた。どうやら目を覚ましたらしい。

「おはよ」

「……おはようございます」

挨拶を返してくれたもののまだ眠そうだ。

とろんとした目で見つめてくる千晶の頬に唇を寄せる。

やわらかなそこに口づけて唇を離すと、じっと俺を見つめてくる彼女と目が合った。

その表情はどこか物足りなさそうで、俺の口角が持ち上がる。

「ここにしてほしい？」

千晶の唇を親指の腹でそっとなぞる。彼女は小さくうなずいて目を閉じた。

初めはそっと重ねた唇は互いの熱を求めるように激しいキスに変わる。どちらからともなく舌を絡め、気がつくと俺は彼女を組み敷いていた。

「んっ……」

唇を離して彼女の首筋に舌を這わせて優しく吸いつく。

昨夜の行為後すぐに眠ってしまった彼女の格好は、下着を身に着けただけの無防備なもの。

やんわりと胸をもみながら、首筋に這わせていた舌をゆっくりと下に移動させ胸の先端をぱくりと口に含んだ。

「……あっ」

指先でウエストラインをなぞり、下着の隙間から手を差し入れる。

昨夜の余韻をまだ残しているのか、そこはすでに俺を迎え入れるには十分なほどの準備ができていた。それでも指でほぐす。

「んっ……加賀、美さん」

千晶の声が聞こえて指の動きを止めた。

「どうした？」

とろんとした表情で俺を見つめる彼女の前髪をそっとよける。

「もう、大丈夫だから。早く、加賀美さんが欲しい」

うるんだ瞳で俺を求める彼女に思わず口角が上がる。

俺に抱かれるまで男性経験がなかったはずなのに。かわいすぎだろ、こんなの。

「いったいどこでそんな殺し文句覚えたんだよ」

六つも年下の彼女に簡単に煽られる俺は単純だ。

お望みとあればすぐにでも俺で満たしてあげたい。

「かわいいな」

「ん……っ、あぁ」

一気に腰を沈めていく。

弱い場所を突くと、ひと際甘い声を漏らした千晶がぎゅっとしがみつくように俺の背中に腕を回した。

かわいすぎて手加減ができそうにない。

昨夜もたっぷりと彼女を求めたというのに、それでもまだ俺は足りていないらしい。

報告とおめでた

五月も下旬になると一日の平均気温は二十度近くまで上昇し、温かく感じる日が増えた。

寒がりの私だけど、日中は汗ばむ日が増えたので薄手の服に変えている。

今日の服装は、ダークグレーの長袖カットソーにくすんだ緑色のロングスカートを合わせて、足もとはスニーカー。セミロングの黒髪はハーフアップにまとめてきた。

「千晶」

車の運転席でハンドルを握る加賀美さん……ではなくて英介さんに名前を呼ばれて振り返る。

「佐波さん、無事に退院することになってよかったな」

「うん。久しぶりに自宅に帰れるからお父さんうれしそうだった」

「だろうな」

私の言葉に軽く微笑む英介さん。

私たちは今、父が入院中の病院に向かっている。

父は少し前に無事に手術を終えた。内視鏡を使った手術で問題のあった箇所を取り除くことに成功。経過も良好で、今日退院日を迎えたのだ。

土曜日で仕事が休みの私がひとりで父を迎えに行こうと思ったが、同じく今日が休みの英介さんが車を出して一緒についてきてくれることになった。父を自宅まで送ってくれるそうだ。

四月の頭に入院して約二カ月の病院生活。最初は病気を受け入れられずに落ち込んでいた父も、手術をすると決めてからはしっかりと治すために病気に立ち向かうようになった。

父に手術を受けるよう説得してくれた英介さんのおかげだ。

もしもあの日、彼がお見舞いに来てくれなかったら、父は手術を拒み続けていたかもしれない。そう思うと、英介さんには本当に感謝している。

それに、あのとき偶然にも再会できたから私たちは恋人になることができた。

先日、交際一カ月を迎えた私たちは以前よりもぐっと距離が縮まり、私は少しずつ彼への敬語もなくしている。

「……やっぱり緊張するな」

もう少しで病院の建物が見えてくるところまで来たとき、英介さんが大きく息を吐き出した。

「俺たちのこと、佐波さんに認めてもらえるかな」

英介さんと恋人関係になったことを父にはまだ伝えていない。

私としてはわざわざ報告する必要はないと思ったが、英介さんは父にしっかりと許しをもらいたいそうだ。

でも、こんなに緊張するくらいならやっぱり言わなくてもいいのに。

「大丈夫だよ。英介さんは父のお気に入りだから」

「それとこれとは話が別。お前に娘はやらん！って投げ飛ばされるのだけは勘弁だな」

彼の言葉に思わずくすっと笑ってしまう。そんな私をやや不満そうな表情で英介さんがちらっと見た。

「笑いごとじゃないぞ。本当に緊張してるんだから」

はぁとため息をこぼす英介さん。

でもすぐに気持ちを切り替えたのか、きりっとした表情を見せる。

「千晶との交際を許してもらえるまで、何回も交渉するつもりだから」

「そんなに心配しなくてもいいと思うけど」

英介さん、考えすぎじゃないかな。

もしかしたら四月に病室を訪れたときの父の言葉を気にしているのかもしれない。

私の結婚相手に厳しい条件をつけて『お前に娘はやらん』と追い返したいと話していた父を思い出す。

「結婚の挨拶じゃないんだから、そこまで重く考えなくても大丈夫だよ」

「俺は千晶との結婚も考えてるよ。佐波さんには結婚を前提とした交際の許しをもらうつもりだから」

「えっ」

病院に到着して、駐車場に車を停めている英介さんの横顔を見つめる。

私たちはまだ付き合い始めたばかりだ。それなのに彼はすでに結婚も視野に入れていると初めて知った。

もちろん私も同じ気持ちでいる。でも、突然のことにどんな言葉を返せばいいのかわからない。

しどろもどろになっている私に気づいた英介さんがくすっと笑う。

「プロポーズはまた今度ちゃんとするから、返事はそのときでいいよ。今は、俺が千晶との結婚を考えているってことだけ頭の片隅に入れておいて」

車を停めた英介さんの手がハンドルから離れて私の頭に触れた。そのままくしゃりと髪をなでられる。

その手が頬にすべり落ちて私の顔を少し上に向けた。運転席から身を乗り出した英介さんが顔を寄せてくる。

あっという間に唇を塞がれ、ちゅっというリップ音を立てて離れていった。

昼間のまだ明るい時間帯の駐車場の車内でキスをされて、思わず目を見開く。

もしかしたら誰かに見られたかもしれないと思うと、頬にぶわっと熱が集まるのがわかった。

「英介さん。場所を考えて」

「ははっ、ごめん」

けれど彼はあまり気にしていないようで、いたずらっぽく微笑んだ。

病室では父がすでに退院の支度を整えて待っていた。英介さんも一緒に来てくれたことがうれしかったようで、にこにことした笑みで私たちを迎えてくれた。

退院後の通院予定などの説明を受けてから病院を後にした私たちは、駐車場に停めてある英介さんの車に乗り込む。

運転席に英介さん、助手席に私、後部座席には父が座った。

「ありがとう、加賀美くん。わざわざ車を出してくれて」

「いえ、佐波さんの退院日なんですから当然です。自宅まで送り届けますので」

「よろしく頼むよ」

相変わらず仲がいいふたりの会話にほっこりとする。

車を走らせてしばらくすると、自宅のあるマンションに到着。

とっさに周囲を確認するのは、不審な男に後をつけられていた件があるからだ。

大きな被害は出ていないので父には伝えないつもりでいたが、英介さんと話し合った結果、やはり伝えた方がいいだろうということになった。

「やっぱり我が家はいいな」

自宅に入るなり、父は退院のよろこびを噛みしめるようにつぶやいた。

ソファに座った父がリビングをぐるりと見回す。そして違和感を覚えたようで首をかしげた。

「千晶、花が枯れているぞ。お前にしては珍しいな」

リビングボードの上にある花瓶を見ながら父が不思議そうに言った。

そこには私が買ってきた季節の花がいつも飾られていて、枯れてもまた次の花を飾るようにしている。

だから常にきれいに咲いた状態で飾られているのだけれど、珍しく枯れていることに父は気づいたようだ。

「あ、うん。花ね……」

曖昧にごまかす。

しばらく加賀美さんの家にいたので管理ができなかったのだ。

「佐波さん。話があるのですが、少しお時間いいですか」

ソファの下に敷いてあるラグに正座で腰を下ろした英介さんが、改まったように口を開く。いよいよ父に報告をするのだろう。

私も彼の隣に腰を下ろして、ソファに座る父を見つめた。

「おいおい、ふたりしてどうした」

私と加賀美さんを交互に見た父が困惑したような表情を浮かべている。

やがてなにかを察したのか、ハッとしたような顔を見せた。

「もしかしてお前たち……そういうことなのか」

父の言葉を受けて英介さんが頭を下げる。

「一カ月ほど前から千晶さんとお付き合いさせていただいています」

父が口をぽかんと開けたまま固まった。

そんな父に、英介さんはここ最近の出来事をすべて打ち明けるため続きの言葉を口にする。

私が見知らぬ男に後をつけられたこと。自宅を知られているため、私をひとりにするのを不安に思った英介さんが私を保護してくれたこと。

それをきっかけに距離が縮まり恋人関係になったこと……。

「なるほど。そうだったのか」

すべてを聞いた父が、視線を落としながらうなずいた。

しばらくしてからすっと顔を上げて英介さんを見つめる。

「とりあえず、ありがとう加賀美くん。千晶の身の安全を守ろうとしてくれて」

「いえ、当然のことをしたまでです」

英介さんが軽く首を横に振った。

すると父の表情が途端に険しくなる。

「だが、千晶に手を出したのか」

普段よりも低い父の声に、空気がぴりっと引きしまる気がした。

英介さんがぴしっと背筋を伸ばす。

一方の私は、父の反応が予想と違うことに困惑していた。

英介さんを気に入っている父なら、交際の報告をよろこんでくれると思っていたのに。今の父の様子を見る限りそうではなさそうだ。

前に言っていた通り、一度は厳しく突っぱねようとしているのだろうか。

ソファにどっしりと座り直した父が腕を組み、ラグの上に座る英介さんを鋭い視線で見下ろしている。

それにしても怖すぎる。演技ではなくて、本気で怒っているのかもしれない。

「お父さん。英介さんは私を——」

「千晶は黙っていなさい。今は加賀美くんと話をしているんだ」

ぴしゃりと言い返されて口を閉じた。

英介さんに視線を向けると軽く微笑み返される。俺は大丈夫だと言われている気がして、この場は彼に任せることにした。

「佐波さん。俺は中途半端な気持ちで千晶さんと交際し始めたわけではありません」

父にすっと視線を戻した英介さんが、落ち着いた様子で口を開く。

「初めて会ったときから惹かれていました。佐波さんに誘われて自宅に伺わせてもらうたびに千晶さんに会えるのがうれしくて。正直なところ、千晶さん目あてで通っていました」

……そうだったんだ。

父とお酒を飲むために自宅を訪れているのだと思っていた英介さんが、実は私に会いに来てくれていた事実を知り、胸がじんわりと熱くなる。

けれど英介さんを見つめる父の視線はやっぱり厳しい。

「つまり加賀美くんは、その頃から千晶を女性として見ていたのか。俺が部屋にいなくて千晶とふたりきりになる時間もあっただろ。まさかあのときから千晶に手を出していたんじゃないだろうな」

「そんなことされてないっ」

英介さんを疑うような父の言葉に、とうとう我慢ができなくなって叫んだ。

「今日のお父さんおかしいよ。英介さんがそんなことする人じゃないって一番わかっているのはお父さんなのに。どうしてそんなひどく言うの」

「千晶」

立ち上がって父に詰め寄る私の腕を、英介さんが軽く引っ張る。

もう片方の手で自分の隣をぽんぽんと叩いた彼を見て、落ち着きを取り戻した私はおとなしくそこに座り直した。

でもやっぱり今日の父の態度はおかしい。そんなに私と英介さんの交際が気に入らないのだろうか。

　このままだと英介さんに食ってかかるようなことばかり言う父が嫌いになりそうだ。

頬を膨らませてムッと唇を尖らせる。不機嫌全開の私に気づいた父が一瞬だけ申し訳なさそうな顔を見せた。

けれどすぐに険しい表情に戻り、英介さんに視線を送る。

「加賀美くん。さっき中途半端な気持ちで千晶と交際しているわけではないと言ったが、じゃあどういうつもりで千晶に手を出したんだ」

「もちろん結婚を考えています」

病院へ向かう車内でも英介さんはそう話していた。

「俺は結婚するなら千晶さんしかいないと思っています。なにが起きても俺が守ります。必ず幸せにして、大切にすると約束します。だから千晶さんとの交際を認めてください」

　加賀美さんがすっと頭を下げる。隣に座る私も父に頭を下げた。

しばらくすると父から深いため息が聞こえて、私たちはふたり同時に頭を上げた。

「加賀美くん。俺が聞きたいのはそういうのじゃないんだよ」

腕組みをしたまま父が首を大きく横に振る。その表情には先ほどまでの険しさはなく、どこかいじけたように英介さんを見つめていた。

「前に話したじゃないか。俺が聞きたいのは『娘さんを僕にください』っていうセリフだ」

「へ？」

思わず間抜けな声が出た。

すると加賀美さんがぷっと噴き出す。

「佐波さん。それは結婚の挨拶のときでしょ。今は交際の許しをもらうための挨拶だから、俺はあえてそのセリフは言わずに取っておいたんですよ」

「でもやっぱり今すぐ聞きたいじゃないか。で、『お前に娘はやらん』って言い返したかったんだが」

「それで俺を追い返すんですよね」

「あたり前だろう。そこまでがセットで俺のやりたいことなんだから、ちゃんとやってくれないとだめじゃないか加賀美くん」

「わかりました。じゃあ結婚の挨拶のときにそれをセットでやりましょう」

「約束だからな」

さっきまでのピリピリとした雰囲気が一瞬で吹き飛んだ。

突然いつものように和やかに話し始めた父と英介さんを交互に見つめる。

どうやら私だけが、この状況をうまくのみ込めていないらしい。

「えっと……どういうこと？」

私を置いてけぼりにして会話を進めるふたりに割って入るように尋ねた。

英介さんの手が私の頭にぽんとのっかる。

「ごめんな千晶。佐波さんに合わせてちょっと演技をしていただけなんだ」

「演技？」

今度は父に視線を向ける。いたずらが成功した子どものような笑顔を返された。

「千晶にも話しただろ。お前の結婚相手の男の条件は父さんよりも強くて頼りになって、かっこいい男だ。父さんが厳しくあたってもそれで怯むような男は認めない。それでも挑んでくるような男じゃないとな」

やっぱり前に病室で話していた〝やりたいこと〟を父は実行していたんだ。それにしても英介さんに厳しい言葉を投げつける父が怖すぎて、本気で怒っているのだと信じてしまった。

「英介さんも気づいてたんだ」

ちらっと隣を見ると「まぁね」とつぶやいた彼が申し訳なさそうに笑った。

「ひどい。ふたりして私を騙して」

「騙してはいないだろ」

私のつぶやきにすかさず父が答える。

でも騙されていたようなものだ。私だけ、父が本当に英介さんに敵意を向けていると思って焦っていたのだから。

なんだか悔しいっ！

「ごめん」

むすっとした表情を浮かべる私の背中にそっと手を添えた英介さん。そのまま私をなだめるように優しく背中をなでる。

最後にぽんと頭をなでてから、英介さんの視線が父に向かった。

「佐波さん。千晶さんを大切にします。交際を認めてもらえますか」

「もちろん。相手が加賀美くんなら反対する理由がない」

腕組みを解いた父がにこっと笑みを浮かべた。

「むしろ俺はお前たちがそうなってくれたらいいとずっと思っていたんだ。だから加賀美くんをよくうちに招いていたし、わざと部屋を抜けてふたりきりにしたり。俺なりになんとかふたりをくっつけようとしていたんだが、加賀美くんが俺の作戦にまんまと落ちてくれてよかった」

　腰に手をあてて豪快に笑う父の姿にあきれてしまう。

　まさかそんな作戦をこっそりと企てていたとは。

「佐波さん」

　父の笑い声を遮るように英介さんが口を開いた。

「ひとつだけ言わせてもらいます。俺は佐波さんの作戦に落ちたんじゃなくて、自分の意志で千晶さんを好きになりました」

　彼の視線が私に向かい、その手が頬に向かって伸びてくる。

「初めて会ったときから惹かれていた。その言葉に嘘はないよ」

　私の頬に手を添えながら、目を見つめてはっきりと伝えてくれる英介さんにドキッと胸が高鳴った。

「英介さん」

　穏やかに微笑む彼を見つめ返す。

　もしも今ふたりきりなら、今すぐにでも彼に抱き着くのに。

「おいおい、父さんはおじゃまかな」

　もしかして私の心の声が伝わったのだろうか。

からかうような父のセリフに、私と英介さんは顔を見合わせてくすっと笑った。

その後は自宅に戻り、再び父との生活に戻った。英介さんと離れるのは寂しかったけれど、退院したばかりの父が心配でそばで支えたいと思ったからだ。

けれど二週間ほどが経った頃、突然父から英介さんのもとに戻るように言われた。

理由を聞くと、私が不審な男に尾行されていた件がひっかかっているらしい。

もしも私になにかが起こったとき、病み上がりの自分では対処しきれず私を守れるかわからない。だから英介さんの自宅にいてくれた方が、父としては安心だそうだ。

とはいえ、退院したばかりの父を自宅にひとりで残すのも心配で渋っていると、近所に暮らしている父の妹である叔母が頻繁に様子を見に来てくれることになった。私の事情も話し、叔母もその方が安全だと言ってくれて、再び英介さんの自宅で生活することになった。

当日は彼がわざわざ車を出して私を迎えに来てくれた。

「もうしばらくお世話になります」

駐車場を出て、運転を続ける英介さんに深々と頭を下げる。

「もうしばらくというか、俺としてはこの先もずっといてもらっていいんだけどね」

ちらっと私を見て微笑む英介さんと目が合って、頬がぽっと熱くなる。

この同居は一時的なもので、いつかは自宅に戻らないといけない。

英介さんと恋人になってからは常にそんな寂しさが隣にあった。もしかしたら英介さんも同じ気持ちでいてくれたのかもしれない。

「プロポーズ、そんなに待たせないから」

ぎゅっとハンドルを握り直した英介さんの唇がゆったりと弧を描く。その横顔を見た瞬間、ドキッと心臓が小さく跳ねた。

父に交際の許しをもらったときから〝結婚〟という言葉は出ていた。でも、まだ先の話だと思っていたのに。

少し驚いてしまったけれど、私との関係をしっかり考えてくれている彼の気持ちがうれしい。

「はい」

うなずいた私は助手席の窓から外の景色を見つめた。

自然と頬を緩めながら、その日を思い浮かべる。

もちろん、返事はもう決まっている。

数日後。休憩室でコーヒーを淹れているとうしろから久しぶりに聞く声がした。思わずビクッと反応するが、小さく深呼吸をして心を落ち着かせる。

「お疲れさま、立花くん」

振り返ると立花くんの姿がある。彼も私と同じくこれから休憩に入るのだろう。

英介さんに言われた通り立花くんとはあれから距離を置いている。彼もまた私とは視線を合わせず、声をかけてくることもなかった。それなのに、久しぶりに話しかけられて、つい返事をしてしまったけれどよかったただろうか。

すると突然、立花くんが腰を折って頭を下げた。

「この前は本当にごめん。俺、ずっと佐波のことが好きで、一度振られて、彼氏もいるって知って、あきらめないといけないって思ったけどあきらめられなくて。もうどうしたらいいんだろうって思ってたときあんな完璧な彼氏と高級ホテルで過ごすって知って、嫉妬でおかしくなった」

「立花くん……」

すっと頭を上げて、立花くんが私を見つめる。

「あのときの俺、なんかもう気持ちのブレーキがきかなくなって、佐波にも、彼氏に

「佐波。お疲れ」

も悪いことしたって反省してる。本当に申し訳なかった」

立花くんは再び深く頭を下げた。

彼の素直な言動により、心の底から申し訳ないと謝罪する気持ちが伝わってくる。

「もういいよ、立花くん」

自分から男の人に触れるのはまだこわいけど、勇気を振り絞って立花くんの肩にそっと手をのせた。

彼がゆっくりと頭を上げる。

「許してくれるのか、俺のこと」

「もちろん。でも、もうあんなことしないでね」

「わかってる」

立花くんが真剣な眼差しで深くうなずく。

「実は、青柳にこっぴどく叱られたんだ。その後は親身になって俺の話を聞いてくれて、おかげで佐波への想いを断ち切ることができた」

「そっか、透子が」

言葉も交わさず険悪だった私と立花くんの関係を心配して、間に入ってくれたのだろう。

三人だけの同期なのだから、できればこれからも助け合い、支え合っていきたいと思っていた私としては、立花くんとまた気軽に話せる日がきてうれしい。

「立花くんもコーヒー飲む？」

「おう、ついでに頼む」

「わかった」

彼の手からマグカップを受け取った。すると立花くんが心配そうに私の顔を覗き込んでくる。

「ここに来たときから思ってたけど、佐波、もしかして体調よくない？　顔色悪くないか」

「そうかな」

休憩室の窓にぼんやりと映る自分の顔を見つめる。顔色が悪いかどうかまではわからなかった。

でもここ最近体がだるいのは確かだ。

季節は六月に入り、天気によって気温や湿度の変化が大きくなった。晴れて夏のような暑さの日もあれば、曇りや雨で肌寒い日もあって体調管理が難しい。

「ちょっと疲れてるのかも」

体調が思わしくないのは、ころころと変わる気温の変化に体がついていけないから。それに加えて仕事が忙しいことに原因があるのかもしれない。

今週の土日は家でゆっくり休もう。


週明けには体調も回復しているだろうと思ったけれどそんなことはなくて、月曜を迎えた朝、私の体調はさらに悪化していた。

「うっ……気持ち悪い」

トイレの床に座り込んだまま立てない。朝起きたときから気持ち悪さを感じていて、それでも朝食を取ったらさっきすべて吐いてしまった。

少しすっきりしたけれど、やっぱりまだ吐き気が残っている。

「どうした千晶。大丈夫?」

トイレの扉がコンコンとノックされて、英介さんの心配そうな声が聞こえた。

よろよろと立ち上がり、トイレから出る。目の前には出勤前でスーツ姿の英介さんの姿があって、彼の手がおもむろに私に向かって伸ばされてぴたりとおなかに触れた。

そしてなにかを考えるように首をひねる。

「やっぱり昨日の肉がいけなかったか? でも千晶はあまり食べてなかったよな」

どうやら彼は私が腹痛を起こしていると思ったようだ。

ちなみに昨日のお肉というのは、及川さんが持ってきてくれた牛肉のことだ。実家から送られてきたのをうっかり忘れていて、気がついたときには消費期限ぎりぎりになっていたらしい。

ひとりでは食べきれないからと、英介さんの自宅にホットプレート持参で現れて一緒に焼肉をしたのだ。

英介さんはおそらく、そのお肉が原因で私が食あたりを起こしたと思っている。誤解を解かないと、消費期限ぎりぎりのお肉を持ってきた及川さんが英介さんに注意されてしまうかもしれない。

「ち、違うの。大丈夫。もうすっきりしたから」

「そう？　体調悪いなら仕事は休めよ」

「ううん、仕事には行ける」

ぶんぶんと首を横に振った。

「英介さんはもう家を出る？」

「ああ。もう少ししたら」

「じゃあ私も一緒に行くから待ってて」

ぱたぱたと走って寝室に向かう。クローゼットを一緒に使わせてもらっているので、そこから仕事用の服を取り出して急いで着替えた。

化粧はもうしてある。髪をうしろでさっとひとつにまとめれば出勤準備完了だ。

さっきまでの気持ち悪さも落ち着いてきたかもしれない。

「お待たせ」

玄関で待っていてくれた英介さんのもとに駆け寄った。

「遅れちゃうから行こう」

「その前に」

パンプスを履こうとした私の腕を英介さんが優しく引いた。

振り返った頬に優しくキスをされる。

「あまり無理はするなよ」

彼の腕が私の体を引き寄せて、胸の中に閉じ込めるように抱きしめられた。

「英介さん、仕事遅れちゃう」

彼の腕をぽんぽんと優しく叩くと、ゆっくり体が離れる。

「ごめん。行こうか」

英介さんに手を握られて、ふたりで一緒に家を出た。

最寄り駅に向かって同じ電車に乗り込む。混んだ車内は席がすべて埋まっているので、吊革に掴まりながら電車に揺られる。

定期的に気持ち悪さに襲われる。でも、ここでは絶対に吐いてはいけないと気を引きしめて、なんとか耐える。

けれどさっきから軽く目眩もしてきて、やはり体調が優れない。

本当にどうしちゃったんだろう。めったに風邪をひかず、元気だけが取り柄なのに。

そのとき、電車がガタンと大きく揺れた。

吊革に掴まっているけれど、腕一本では体を支えられなくてふらっと転びそうになる。その弾みで隣に立っているスーツ姿の男性にぶつかった。

「すみません」

慌てて謝ると「平気ですよ」と穏やかに返事をされてほっと胸をなで下ろす。

すると英介さんの方に体を引き寄せられた。片手で吊革を掴んでいる彼が、もう片方の手を私の腰に回して体を支えてくれる。

「ありがとう」

彼の顔を見上げると笑顔を返された。それからなにか気になったようで、少し聞きづらそうに尋ねてくる。

「そういえば千晶は電車は大丈夫なのか？」

唐突な質問に、どういう意味だろうと返事に困る。英介さんが付け足すように言葉を続けた。

「高校生のときにあんなことがあったろ。電車に乗るのはこわくないのかなと思って」

そう言われてようやく彼の聞きたいことがわかった。

高校生の頃に痴漢被害に遭っていた私が、それをきっかけに電車に乗ることができなくならなかったのか気になったのだろう。

「最初はこわくて乗れなかったけど、電車を使えないと生活が不便だから父と一緒に克服したの」

「佐波さんと？」

「そう。しばらくは一緒に電車に乗ってくれて」

父に心配をかけさせたくなかったから、痴漢に遭っているとは言えなかった。でも犯人が捕まったときに駅員さんが父に連絡をして、すべてを知られてしまった。

どうして黙っていたんだと怒られたが、それ以上に心配されて、ぎゅっと強く抱きしめられたときのことは今でも忘れられない。

その後しばらく父は仕事を休んだり出勤時間を遅らせたりして、高校に通学する私と一緒に電車に乗ってくれた。

おかげで電車へのトラウマはもうない。

「そっか。佐波さんらしいな」

英介さんがふっと口もとを優しく緩めて笑った。

「あともうひとつ聞いてもいいかな。そのときの犯人はどうやって捕まったの？」

痴漢被害が終わったきっかけを尋ねられているのだろう。

私は一度目を伏せた後、英介さんに視線を戻す。

「助けてくれた人がいたの。同じ車両に乗っていた男の人が声をかけてくれて――」

たまたま近くにいた大学生くらいの男の人が、痴漢被害に遭っている私に気づいてくれた。

『大丈夫？』と声をかけてくれた。

それで動揺したのだろう。私に触っていた男の手が慌てたように離れていき、助けてくれた男性がその手をすばやく掴んだ。

『今この子に触ってましたよね』

そう言うと、次の停車駅で痴漢加害者と一緒に電車から降りた。抵抗する男を引っ張るように連れていき、駅員さんに突き出したのだ。

私も慌てて降りて事情を説明。その後駆けつけた警察官に男は連れていかれた。

それがきっかけで痴漢行為がようやく終わった。

「正義感の強い男の子が千晶を助けてくれたんだな」

私の話を聞いた英介さんがぽつりとつぶやく。その言葉に同意するように私はうなずいた。

「すごく感謝してる。お礼を言いたかったけど、すぐにどこかへ行っちゃったから言えなくて」

気づいたら姿が見えなくなっていた。一瞬の出来事だったから顔は覚えていない。

でも、困っている私を助けてくれた正義感あふれる行動はとても印象に残っている。

「なんだか嫉妬するな、その男の子に」

英介さんのつぶやくような声が聞こえた。どこか拗ねたような言い方が気になって彼に視線を送る。

「千晶にとってそのときの彼は、ピンチを救ってくれたヒーローみたいな存在だろ」

ヒーローか……。

「たしかに、かっこよかったかも」

「ほらな。だから嫉妬してる」

英介さんは窓の外に視線を投げた。

つまりヤキモチを焼いているってこと？

過去に私を助けてくれた男の人に嫉妬するくらい、英介さんは私が好きなんだと実感できて、うれしさで頬が緩みそうになる。

すると、英介さんの視線がちらっと私に向かって目が合ったので、慌てて表情を戻した。

その日の仕事中もなんだか気分が優れず、午前中に一度吐いた。

食欲もなくて、病気だろうかと不安になる。しっかりと病院で診てもらった方がいいのかもしれない。

透子といつもの広場でお昼休憩を取りながらそんな話をしていると、隣に座る彼女がなにかに気づいたようにハッとした表情で私を見る。

「ねぇ千晶。最後に生理がきたのっていつ？」

「えっ、どうして？」

生理？　いつだったかな。

頭の中で思い出しながら、今月の予定日をだいぶ過ぎていることに気づいた。

「もしかして……」

透子と目が合うと、彼女が静かにうなずく。

私、妊娠してる？

おなかにそっと手をあてたまま固まる私の背中を、透子が優しくぽんと叩いた。

「とりあえず検査薬買って自分で調べてみなよ」

「うん、帰りに寄ってみる」

午後も軽い吐き気を感じつつ、なんとかその日の業務をこなして仕事を終えた。

帰宅途中で妊娠検査薬を購入。英介さんの自宅マンションに戻ってからさっそく検査をしてみると、判定窓にはくっきりと二重線が浮かんだ。

「やっぱり妊娠してるんだ……」

病院で診てもらわないと確定ではないのかもしれない。それでもおなかの中に小さな命が宿っているのだと思うと、そわそわ落ち着かなくなる。

しばらくして、うれしい気持ちがじわじわと湧いてきた。

「英介さんに話さないと」

彼はまだ帰宅していない。今夜も帰りが遅いのだろうか。

小さな命とプロポーズ

最近、千晶の様子がおかしい。

考え事でもしているのかぼんやりとしていることが増えたし、俺と話していても不意に視線を逸らす回数も多い。

彼女が悩みを抱えているらしいことはすぐにわかった。

加えて最近の千晶は体調も悪そうだ。頻繁にトイレに駆け込んでいく。食欲もあまりなさそうだ。

季節柄暑かったり寒かったりと気温差が激しいので、体調を崩すのも無理はない。

でも、そうだとしたら早く病院に連れていかなければ。

土曜日の朝。

そんなことを思いながら朝食を終えて、リビングのソファに腰を下ろしてタブレットで新聞を読んでいた。

すると扉が開いて千晶がひょこっと顔を出す。

「英介さん。ちょっと出かけてくるね。お昼までには戻るから」

それだけ伝えると千晶はパタンと扉を閉めた。廊下を歩くぱたぱたという足音が聞こえる。

いつもなら行き先をちゃんと伝えていくのに。やっぱり様子がおかしい。

タブレットをローテーブルに置いた俺は、ソファから立ち上がりリビングを出た。

玄関に行くと背中を向けた千晶が立ったまま靴を履いている。背後から彼女に近づき、細い腰に片腕を回して引き寄せた。

「待った。どこに行くか教えて」

ぴくっと千晶の華奢な肩が跳ねる。振り返った彼女がぎこちない笑みを浮かべた。

「ちょっとそこまで」

「そこまでって？」

「えっと、駅方面に用事があって」

「どんな用事？」

なんだか尋問のようになってしまった。千晶が困ったような表情で俺から視線を逸らす。

「ぴょ、病院に行ってくる」

「病院？」

やっぱりどこか悪いのか。

「それなら車で送っていくよ。鍵取ってくるからちょっと待ってて」

千晶の腰から腕を離して、リビングに戻るため背中を向ける。けれど、なにかを察して振り返ると千晶が玄関のドアノブに触れていた。思わずため息がこぼれる。

「ひとりで行くなよ。ちゃんとそこで待ってて」

「はい……」

俺を置いてこっそりと出かけようとしていたらしい。千晶らしくない行動に、やはりなにか隠し事をしているのだと確信する。

すぐに鍵を取って戻ってくると千晶は玄関で待っていた。

ふたりで家を出て駐車場に向かう。車に乗り込み、行き先をナビに入力するため病院名を聞こうとしたが、千晶が指定したのは駅前のコインパーキング。これから行く病院には駐車場がないらしいので、そこに車を停めて歩くらしい。

病院の前まで送っていくと言ったがコインパーキングでいいと強く言われたので、とりあえずそこを目指して車を走らせる。

「やっぱり具合悪かったんだな」

ハンドルを握りながら助手席にちらりと視線を送る。

「気づいてたんだ」

「あたり前だろ。ちなみに俺に隠し事をしているのも気づいてる」

「そっか。英介さんは騙せないね」

「警察官僚を騙そうとするなんていい度胸してるよ」

冗談めかしてそう言うと千晶がくすっと笑う。

今日初めて彼女の笑った顔を見た気がした。

「それで、俺になにを隠しているの？」

「後で話す」

今は話してくれないらしい。それでも打ち明ける気にはなってくれたようだ。

千晶に言われた通り、駅前のコインパーキングに車を停めた。やはりそこから歩いて病院に行くらしい。

心配で俺も付き添おうと思ったが「今日はひとりで行く」と言うので車内で待つことにした。

千晶が車から降りた後、彼女が言い残した言葉が引っかかった。

今日はひとりで行くという言い方は、次は一緒に来てもいいと聞こえる。

体調不良の原因を診てもらうため今日だけ病院に来たと思っていたが、通院の必要があるのだろうか。そこまで体が悪いのか？

途端に心配になり、やはり俺も付き添うべきだったかと思い直す。

でも千晶がひとりで行くと言ったのだから、彼女の気持ちを尊重したい気もする。

一時間ほどで千晶が戻ってきた。

「お待たせ、英介さん」

助手席に乗り込んだ彼女は、打って変わってすっきりとした表情を浮かべている。

「どこが悪かったの？」

診察結果が気になり尋ねると、千晶はバッグの中からなにかを取り出した。

白黒の写真のようなものだ。彼女の手からそれを受け取った俺は、一瞬頭の中が真っ白になった。

これはもしかして……。

「私、妊娠してるみたい」

千晶が落ち着いた口調で俺に伝える。

「今六週って言われた。予定日は――」

「千晶」

運転席から身を乗り出して、助手席に座る彼女の体を力いっぱい抱きしめた。

悪い病気だと思って心配した。でもまさか妊娠しているなんて。

「すごくうれしいよ。俺たちの子が千晶のおなかにいるんだな」

そう思うと彼女がよりいっそう愛しい。

最近様子がおかしかったのも体調が悪そうだったのも、すべて妊娠によるものだったのか。

「すぐに言わなくてごめんなさい。病院でしっかりと診てもらってから英介さんに伝えようと思って」

千晶が俺を見上げる。妊娠を知ってよろこぶ俺とは逆に、彼女の瞳はどこか不安げにゆらゆらと揺れていた。

「産んでいいかな。私は産みたいんだけど」

まさかそんなことを不安に思っているのか？　だったらそれは余計な心配だ。

俺は千晶の目を見つめてはっきりと伝える。

「もちろん産んでほしいに決まってる」

妊娠を告げられたとき、真っ先にうれしさが込み上げた。けれどその中にほんの少しの驚きと動揺が交じっていたのも事実。

千晶を抱くときは必ず避妊をしていた。でも百パーセント安全だとは限らない。

それに頻繁に体を重ねていたのだから、妊娠という可能性だってありえなくはないのだ。

「千晶、結婚しよう」

子どもができたからではなくてもともとそのつもりでいたし、千晶にも以前そんな俺の気持ちは伝えている。

「はい」

千晶の瞳にじわじわと涙がたまっていく。

「泣かなくていいよ」

親指でそれを拭うと、千晶の瞳からぽろぽろと涙がこぼれて頬に伝った。

余計に泣かせたらしい。そんな彼女の頭を胸もとに引き寄せてぎゅっと抱きしめた。

千晶も子どもも俺が必ず幸せにするし守っていく。

そんな決意を胸にしたとき、重要なことをひとつ忘れていたと気がつく。

「……まずいな」

思わず口からぽそっとこぼれた声。それを聞き逃さなかった千晶が俺の胸の中で不思議そうに首をかしげた。

「まずいって、どうしたの？」

「ん～」

千晶の髪をなでながら苦笑を浮かべる。

「佐波さんに今度こそ投げ飛ばされるなと思ってビビってる」

結婚するよりも先に千晶を妊娠させてしまった。

佐波さんはどう思うだろう。順番が違うと叱責を受けるかもしれない。そのときは腹をくっておとなしく投げ飛ばされるしかない。

「千晶。明日、佐波さんに挨拶へ行かないか」

「お父さんに？」

「結婚の挨拶と子どもができた報告がしたい」

明日は千晶も俺もまだ休みだ。佐波さんの予定が空いているなら挨拶がしたい。こういう報告は少しでも早い方がいいだろう。

「わかった。お父さんに聞いてみるね」

スマートフォンを取り出して千晶が佐波さんに電話をかけた。明日はとくに予定がないそうなので、彼女の実家へ向かうことが決まった。


翌日。

急な来訪にもかかわらず、佐波さんは俺たちを快く迎えてくれた。

病み上がりで心配だった体調も順調に回復しているらしく、家事や料理なども以前のようにできているそうだ。

リビングにあるローテーブルを囲んで腰を下ろした。俺の隣に千晶、対面には佐波さんが座っている。

「加賀美くんは仕事をしてきたのか？」

スーツ姿の俺を見た佐波さんが尋ねてくる。

「いえ、仕事ではないです」

俺は首を横に振った。

結婚の意思を改めて伝えるために訪れたのだから、きちんとした服装をするべきだと思ってスーツを着てきた。

千晶もまた上品でかわいらしいワンピースを着ている。

「まさかついに結婚の報告か⁉」

ふたり揃って普段よりもかしこまった服装で現れたのだから、やはり佐波さんは察したようだ。

その顔はどこかうきうきしている。おそらく、ずっと言いたかったセリフを言えるときがきたと胸を躍らせているのかもしれない。

佐波さんは俺たちの結婚には賛成してくれると思うが、千晶の妊娠については知らない。

背筋を伸ばした俺は佐波さんを真っすぐに見つめた。

「はい、結婚の報告です。その前に……」

無意識に千晶のおなかを見てしまう。それから佐波さんに視線を戻した。

「千晶さんのおなかに俺たちの子どもがいます」

「へ？」

佐波さんが口をぽかんと開けて固まる。

しばらくしてから小さな声で「子ども……」とつぶやいた。それからゆっくりと千晶に視線を送る。

「妊娠しているのか？」

「うん、今六週目」

「そうか」

すとんと黙り込んだ佐波さん。この沈黙がこわい。

やはり順番が違うと叱責を受けるのだろうか。それも受け入れて挨拶に来た。投げ飛ばされる覚悟もしている。

「──加賀美くん」

おもむろに立ち上がった佐波さんが俺の隣に座った。そして俺の手をぎゅっと握りしめる。

この体勢から投げ飛ばすつもりだろうか。奥歯を噛みしめて、そのときを待つ。

「おめでとう」

「……え？」

予想外の言葉に目を見開く。俺を見つめる佐波さんの瞳が微かに潤んでいることに気づいた。

「手術を受けて本当によかった。まさかこんなに早く孫の顔が見られるなんて。生きていてよかった」

佐波さんが服の袖でごしごしと目もとを拭う。どうやら泣いているらしい。

その反応に俺と千晶は目を見合わせた。

ティッシュを差し出すと、佐波さんが豪快にはなをかむ。

怒ってはいないようだけど、ひと言告げて頭を下げた方がいいだろう。

「佐波さん。順番が逆になって申し訳ありません」

「いや、そこは気にしてない」

下げていた頭を上げると、佐波さんは静かに首を横に振った。

「加賀美くんは千晶と結婚するつもりで交際をしていたんだろ」

「はい、もちろんです」

「千晶も同じ気持ちだったのか」

佐波さんの視線が千晶に向かい、彼女が深くうなずいた。それを見た佐波さんが、にこっと微笑む。

「それならなんの問題もない。加賀美くん、千晶をよろしく頼む」

あぐらをかいていた佐波さんが正座に座り直す。そして膝の上に両手をついて深く頭を下げた。

「任せてください」

俺は力強くうなずいた。

千晶も子どもも幸せにするし守っていきたい。それに――。

結婚報告のときは『お前に娘はやらん』と、相手の男を追い返すと宣言していたはずなのに。

顔を見られないように頭を下げたまま、ぼろぼろと大粒の涙をこぼしている佐波さんのことも、俺は大切にしたい。

ずっと尊敬していた人が義理の父親になるのだと思ったら、胸の中にじんわりと温かいものが込み上げた。

＊　＊　＊

どうしよう。さっきからうまく息が吸えない。

英介さんが運転する車の助手席に座りながら、少しだけ開いている窓から入る風を浴びて気分を落ち着かせた。

「あとどのくらいで着きそう?」

弱々しい声で尋ねると「もう少し」と英介さんが返してくれる。それからちらっと私に視線を向けた。

「大丈夫?」

「う、うん。大丈夫」

緊張していないと自分に言い聞かせるようにうなずいた。

私たちは今、都内にある英介さんの実家に向かっている。

私の父に結婚の報告をした翌週の今日は、彼の家族に挨拶をする予定だ。

初めて会うのもあり、緊張している。人見知りというわけではなく初対面の人ともわりと話せる性格だけど、英介さんのお父様の前でも普段通りでいられるだろうか。

『今年新しく警視総監に就任したのは加賀美くんのお父さんだろ』

以前、病室で聞いた父の言葉が脳裏によぎる。

英介さんのご両親に挨拶へ行くと決まった日から、ずっとそれだけを考えていた。いったいどんな方なのだろう。

会えばわかるからと英介さんにお父様の写真を見せてもらえなかった。それでもネットで検索すると、警視総監就任時の会見の様子が画像付きで出てきた。

びしっとした制服に身を包んだお父様はすっきりとした一重で、それが表情に鋭さをプラスさせていた。パッと見た感じだと近寄り難さを感じる。

東京都の警察官のトップに選ばれるくらいの人だ。きっと厳格な方なのだろう。

私の父のようにくだらない冗談はいっさい言わないと思うし、唇を硬く引き結び笑顔もめったに見せないと思う。

息子の結婚相手として現れた私を、上から下までじろりと見てからフンと鼻で笑うかもしれない。

〝お前のような女に息子はやらん〟

父が言いたかったセリフの逆バージョンが頭に浮かぶ。どうしよう追い返されたら。

「千晶、着いたよ」

いつの間にか車が駐車場に停まっていた。

一軒家だというのは聞いていたけれど敷地がとても広い。家の外観はとても立派で、おしゃれな庭までついている。

改めて英介さんと私が育った環境の違いを実感した。

私たちは差がありすぎる。結婚を認めてもらえなかったらどうしよう。不安が大きくなっていく。

シートベルトをはずす英介さんの隣でしゅんとうつむいてしまう。そんな私に気づいたのか、英介さんがくすっと笑った。

「千晶」

彼の手が私の頭を優しくなでる。

「心配しなくても、俺がいるんだから大丈夫だよ」

「うん」

とっさに彼の背中に両手を回してぎゅっと抱き着いた。

「私、英介さんのご両親に結婚を反対されても、負けずに食らいつくから」

彼の腕の中で顔を持ち上げて優しい瞳をじっと見つめる。

英介さんはきょとんとした顔を浮かべていたが、ふっと口もとを緩めて微笑んだ。

「反対なんてされるわけないから大丈夫」

「そんなのわからないよ」

「わかるよ」

英介さんの腕に再びぎゅっと抱きしめられたとき、私の背後にある窓からコンコンとノックの音が聞こえた。

彼の腕が離れて、私はうしろを振り返る。すると、艶のある黒色のロングヘアの女性がにこにことした笑みを浮かべてこちらを見ていた。

「英ちゃーん。車の中でラブラブしていないで早く家に上がっておいで」

英ちゃん……？

英介さんのことだと思うけれど、この女性は誰だろう。

それよりも、彼女は私たちが車内で抱き合っていたのを見ていたのだろうか。

ぶわっと全身が沸騰したように熱くなる。すると英介さんからため息が聞こえた。

「盗み見するなよ」

彼の視線は窓の向こうで微笑んでいるロングヘアの女性に向けられている。

「一番上の姉の司だよ」

「お姉様！」

ここに来る途中、英介さんの家族構成を教えてもらった。三人姉がいて、英介さんは末っ子長男らしい。

司さんと目が合い、ぺこりと頭を下げた。

「降りるか」

英介さんに促されて車を出る。すると司さんが私に飛びついてきた。

「きゃー、かわいい。あなたが英ちゃんの奥さんになるのね。初めまして、長女の司です」

私にぎゅっと抱き着いてくる司さんは、英介さんと同じくすらりと背が高い。私とは違い、うらやましいほどの豊満なバストに顔が押しつぶされそうだ。

熱烈な歓迎はうれしいけれどちょっと苦しい。

「やめろって。千晶に負担かけるなよ」

英介さんが司さんの腕を引っ張って、私から彼女の体を離してくれた。

するとつかささんはパッとなにかを思い出したのか、労るように私の両腕をさする。

「そうだった。妊娠しているのよね？」

「えっ……はい」

英介さんが事前に伝えていたのかもしれない。

「こんなところで立ち話していないで家に入りましょう。両親が首を長くして千晶ちゃんを待っているわよ」

「そ、そうなんですね」

司さんに手をつながれて先導されるように敷地内を移動する。とりあえず司さんには受け入れてもらえたようで安心した。

その後、英介さんのお父様とお母様にも会い、ふたりとも私を歓迎してくれているようで、すでに英介さんの妻として扱ってくれた。

結婚の挨拶はあっさり終わり、ちょうど正午というのもあってお昼をご馳走になる。ここに来る車内で息がうまく吸えないくらい緊張していたのに。どうやら余計な心配だったようだ。

きっと英介さんが事前に私のことをしっかりとご両親に伝えて、結婚の承諾はすでにもらっていたのだろう。快く受け入れてもらえて感謝している。

けれど今、私はとても焦っている。

「さぁさぁ千晶ちゃん、おなかの子どもの分までたくさん食べるんだよ」

「いえ、お父様。自分でできますので」

大皿にこんもりとのったお母様の手料理を、私のためにせっせと小皿に取り分けているのはお父様だ。

東京都の警察トップの方にこんなことをさせてはいけないとあたふたしていると、キッチンから戻ってきたお母様が優しく微笑む。

「気にしなくていいのよ。お父さんは娘が増えてうれしいのよ」

「そうよ、千晶ちゃん。父は人の世話を焼くのが好きなの。おせっかいとも言うけど」

ぼそっとつぶやいた司さんの言葉に「たしかにそうだな」と英介さんが同意する。

そんな会話は聞こえていない様子のお父様が、私のために取り分けてくれた料理が目の前に並ぶ。

「英介からつわりがひどいって聞いていたけど食べられるかしら」

お父様の隣に座るお母様が心配そうに私を見た。

つわりはまだ続いているが波があって、今日はあまり吐き気を感じない。それよりも英介さんのご両親への挨拶に緊張していたから、つわりの気持ち悪さを感じなかったのかもしれない。

とりあえずお母様の手料理は食べられそうだ。

「はい、大丈夫です」

「そう？　ならよかったわ。でも無理はしないでね」

お母様がパァッと笑顔になった。

私と英介さん、それからご両親と長女の司さんの五人で食事をし始めた。もうふたりのお姉様にも声をかけたけれど、来られなかったらしい。

二番目のお姉様は結婚して家を出ているようで、三番目のお姉様は仕事で地方に暮らしているそうだ。

長女の司さんも普段は仕事でアメリカに暮らしているが、たまたま帰国していたので私たちの結婚の挨拶に同席できたらしい。

三人のお姉様は英介さんとは少し年が離れているそうで、司さんは三十八歳、二番目のお姉様は三十七歳、三番目のお姉様は三十五歳だそうだ。

お母様の話では、長女の司さんは英介さんとは八歳離れているためとくにかわいがっていたそうだ。

「赤ちゃんだと思っていた英ちゃんがパパになるのね。感動して泣きそうだわ」

しみじみとつぶやいた司さんの言葉に深く同意しているのがお父様だ。

「そうだな。甘えん坊だった英介が父親になるんだから感慨深いものがある」

「英介さんは甘えん坊だったんですか？」

向かいの席に座る両親に尋ねると、ふたりは同時にうなずいた。隣に座る英介さんが、余計なことしゃべるなよと両親をじっと睨んでいるのがおもしろい。

そんな彼の視線を気にせず、お母様が口を開く。

「そうよ、英ちゃんは甘えん坊でね。幼稚園の頃なんて私と離れたくないって年長になっても泣いてたのよ」

「いつの話をしてるんだよ」

はぁとため息をこぼす英介さん。

その後も、お母様から英介さんの甘えん坊エピソードをたっぷりと教えてもらった。子どもの頃の英介さんはお母様が大好きだったのだろう。そして、お父様、三人のお姉様からも大切に見守られながらすくすくと成長したのだと思う。

英介さんがいつも優しいのは、ご家族からたっぷりと愛情を受けてきたからなのかもしれない。

比べて私は……。

思わず自分の生い立ちと比較して、胸の中にモヤモヤとしたものが広がっていく。

父からはたっぷりと愛情を受けて育った。でも母親の愛情を知らない。

捨てられたあの日から母とは一度も会っていないし、一緒に暮らしていた頃の記憶もほとんどない。顔すらも思い出せなかった。

覚えているのは、家を出ていく母の冷たい背中と、それを泣きながら引き止めたときの気持ち。

そんなことは思い出さなくてもいいのに……。


昼食を終えてからもしばらくは話が弾み、気がつくと午後三時を過ぎていた。

駐車場まで出てきてくれた両親と司さんに見送られ、英介さんの実家を後にする。

思わずふぅと息がこぼれるのは、無事に挨拶を終えた安堵の気持ちと、お母様のおいしい手料理を食べすぎておなかが苦しいから。

最近はつわりのせいであまり食べられなかったけれど、今日は久しぶりにしっかりと食べられた。

しばらく車を走らせて英介さんのマンションに到着。自宅に入ってすぐソファに座り込む。

そんな私に、英介さんが麦茶をグラスに注いで持ってきてくれた。

「ありがとう」

一気に飲みほし、気持ち悪さが少しだけ楽になる。

英介さんのご両親への挨拶を終えて緊張が解けたからだろうか。つわりが戻ってきたかもしれない。

ぼんやりとソファに座りながら時計を確認する。時刻はもうすぐ午後四時。

そういえば夕食の食材がなにもない。少し休んだらスーパーに行こうかな。

そんなことを考えていると、リビングにいなかった英介さんが戻ってきた。

「英介さん。後でスーパーに行きたいの。一緒に来てくれる？」

もしも気持ち悪くなったとき、彼が隣にいてくれると心強い。それに食材などをまとめて買いたいので荷物を持つのも手伝ってほしい。

「もちろんいいけど、必要なものをメモしてくれたら俺ひとりで行くよ」

「ううん、私も一緒に行く」

「無理するなよ」

隣に座った英介さんが私の髪を優しくなでた。

反対の手になにかを持っていた気がするけれど、背中にさっと隠されてしまいよく見えない。

なにを持っていたんだろう……。

「千晶。今日は俺の家族に会ってくれてありがとな。うるさかっただろ」

苦笑を浮かべる英介さんに、私は首を横に振って答える。

「うるさくなんてなかったよ。みんな仲良しなんだね。あの中で英介さんは育ったんだなって思うとうらやましかった」

「うらやましい？」

私の髪をなでていた英介さんの手がぴたりと止まった。

「私にはお父さんしかいないから。賑やかな家族に憧れているのかも」

寂しかったわけじゃない。父からの愛情はたっぷりと受け取っていたから。

それに近くには叔母家族も暮らしていて、父が仕事でいないときは預かってもらっていたからひとりぼっちになることはなかった。

それでもやっぱり賑やかな家族には憧れていて……。

「それに、本音を言うとちょっと不安なの」

うつむいて両手をぎゅっと握りしめる。

「私は母親を知らないから。ちゃんと子育てできるのかなって」

もちろん妊娠がわかったときはうれしかった。でも次第に不安も出てきた。

自分の中だけで解決させようと思っていたのに、つい本音がぽろっとこぼれる。

「それに最近、お母さんが家を出ていったときの夢をよく見るようになって。子どもの頃はよくあったけどもうずっと見てなかったのに」

もしかしたら英介さんを困らせているかもしれない。

やっぱり言わなければよかったかな。さっきの自分の言葉を取り消したい。

爪が食い込むほど強く両手を握っていると、それを優しく包むように大きな手が重なった。

「俺もいるだろ」

うつむいていた顔を上げる。優しく微笑む英介さんと目が合った。

「子どもを育てるのは千晶ひとりじゃないよ。俺だって親なんだから、千晶が全部ひとりで背負い込もうとするな」

人さし指でおでこを軽くピンと弾かれた。

「仕事が忙しいと帰宅が遅くなる日もあるけど、なるべく家族優先にする。千晶や子どもに寂しい思いはさせないから」

「英介さん……」

「ほかにも不安があるならちゃんと言って。ひとりで抱え込まずに吐き出していいよ。

全部受け止めて一緒に解決策を考えるから」

彼はやっぱり優しい。私なんかにはもったいないほど素敵な人だ。

「英介さん」

彼の腰に腕を回してぎゅっと抱き着く。

英介さんの隣にいればきっと大丈夫。なにも不安になることはない。そう思わせてしまうくらいの包容力が彼にはあるから。

「千晶に渡したいものがあるんだ」

抱き着いている私の体を英介さんがそっと離した。そして、背中に隠していたものを手に取って私に見せる。

それは立方体の小ぶりなケース。

この中に入っているものといえば、ひとつしか思い浮かばない。

英介さんはそれを両手で大切そうに持ち、ゆっくりと蓋を開けた。

「俺と結婚してください」

突然のプロポーズにぶわっと涙があふれる。

「もっといろいろプロポーズの方法や場所を考えたんだけど、最近の千晶の体調を考えると無理はさせたくなくて。家でごめんな。ムードの欠片(かけら)もないよな」

困ったように笑う英介さんの言葉に、私は首をぶんぶんと大きく横に振った。

方法も場所もなんでもいい。プロポーズの言葉だけでうれしいのだから。

「返事聞かせてもらっていい？」

優しく促されて真っすぐに彼を見つめる。それからふにゃりと顔がほころんだ。

「よろしくお願いします」

「こちらこそ」

私を見つめる英介さんの瞳の奥には心の底から愛しいものでも見るかのような甘い優しさが含まれていて、くすぐったい気持ちになる。

でも、私が彼を見つめ返す瞳にも同じ気持ちが含まれている。

しばらく見つめ合っていた私たちは顔を寄せ合い、どちらからともなく唇を重ねた。

不安と正体

梅雨が明けた七月下旬。

晴れる日が増えて気温も一気に上昇。いよいよ本格的な夏がやってきた。

つい先日婚姻届を出して、私と英介さんは夫婦になった。

子どもも生まれるので広い家に引っ越しも考えているが、それは私の体調がもう少し安定してからにする予定だ。

妊娠は順調で、明日から十二週に入る。つわりも少しずつ落ち着いてきた。

そんな今日は土曜日でこれから妊婦検診がある。英介さんも仕事が休みなので、一緒に産婦人科へ行くことになった。

検診は午後からで、お昼を済ませて自宅を出発。英介さんの車でコインパーキングまで行き、そこからは歩いて向かう。

病院到着後、血圧や体重などを測定して、順番を待ってから診察室に入る。

エコー検査では体や手足がだいぶわかるようになり、顔の形もはっきりとしてきた赤ちゃんの姿を見ることができた。

次回の検診はなにもなければ四週間後。

つわりも落ち着いて食欲も戻ってきたので、適度に体を動かすのもいいと先生に言われたのもあり、検診の後は近くの広場を散策することにした。

気温は高いが時折吹く風に涼しさを感じる。蒸し暑い七月下旬にしてはカラッとした夏の陽気だ。

広場にはたくさんの人たちがいて、英介さんと手をつなぎながら日陰になっている遊歩道を歩く。吸い込む空気が新鮮で気持ちがいい。

のんびり歩いていると、どこからか「あっー」と大きな声が聞こえた。

振り向いた先にいるのは、小学校低学年くらいのふたりの男の子。うれしそうにこちらに駆け寄ってくるのが見える。もしかしてあのときの子たちだろうか。

目の前まで来たふたりの顔を見てすぐに思い出した。

「この前は風船を取ってくれてありがとうございました」

「ありがとうございました」

ふたりが礼儀正しくぺこりと頭を下げる。

以前この場所を英介さんと歩いていたとき、木の枝に風船を引っかけてしまった男の子たちだ。

桜がすべて散った頃。英介さんと再会したばかりで、まだ付き合う前だった頃を懐かしく思い出す。

一方で英介さんはまだピンときていないようで、私と比べて反応が鈍い。もしかして覚えていないのかな？

「風船……」

英介さんがぽつりとつぶやく。

しばらくすると「そういえば」と、ハッとしたような声をあげたので、ようやく思い出したようだ。

英介さんは膝に両手をついて高い背を屈めてから、男の子たちに視線を合わせてにこりと微笑む。

「今日はなにも枝に引っかけてないだろうな」

冗談めかして言う英介さんにふたりが楽しそうに反論する。

「引っかけてないよー」

「今日は大丈夫」

それを聞いた英介さんは「そうか」とうなずいて、両手で男の子たちの頭をぽんとなでた。

「ここで遊んでるの？」

今度は私が声をかけた。

「うん。いつもこの広場で遊んでる。向こうに学校の友達もいるよ」

「お姉ちゃんたちが歩いてくるのが見えて、あの人たちだ！って思い出したからここまで走ってきた」

広場に視線を向けると、男の子たちと同じくらいの背丈の子たち数人が遊んでいる姿が見える。ふたりもあの輪の中に入って遊んでいたけれど、こうして私たちのところへ挨拶に来てくれたのだろう。

じゃあねー！と、大きく手を振って男の子たちは友達のところへと戻っていった。

「英介さん、思い出すの遅いよ」

思わずくすっと笑ってしまう。

私は顔を見てすぐに気づいたのに、英介さんが思い出したのはその少し後。忘れているのかと思った。

「だよな。すっかり忘れてた」

やっぱり忘れていたらしい。英介さんが恥ずかしそうに笑った。

木の枝に引っかかっている風船を取ってあげるなんて私にとっては鮮烈な出来事で、

すぐに記憶から引っ張り出すことができた。

でも、もしかしたら英介さんにとっては日常生活のほんの一部の出来事でしかなかったのかもしれない。困っている人を見つけると、手を差し伸べるような優しくて親切な人だから。

以前、電車の中でおばあさんに席を譲っていた英介さんを思い出す。それすらも彼はもう覚えていないのでは？

きっと彼にとって、人助けはあえて覚えておく必要もないほど些細な出来事なのだろう。

英介さんは覚えていないけれど、彼に助けられて感謝している人はたくさんいるんだろうな。そう思ったらますます英介さんは素敵だなって思うし、好きという気持ちがあふれてくる。

彼の横顔を見つめながら自然と頬が緩んだ。そんな私を英介さんが不思議そうに見てくる。

「どうした？」

「ううん、なんでもない」

英介さんの腕に両手を絡めてぎゅっと抱き着いた。

「私、英介さんが大好きだなって思った」

「それなら俺はその何倍も千晶が好きだよ」

くすっと笑ってしまう。

「そこで張り合わなくてもいいのに」

すると英介さんがふと真面目な表情を見せた。

「本当に俺が千晶を想う気持ちは強いよ」

その視線が広場で遊んでいる子どもたちへと向かう。

「さっき病院でおなかの子どもの様子を見せてもらっただろ。これまで実感がなかったわけじゃないが、俺が父親になるんだなって改めて思ったら、泣きそうになった」

静かにエコー画像をじっと見つめていた英介さんの姿を思い出す。あのときそんなことを思っていたんだ。

忙しい英介さんとはなかなか予定が合わず、検診には私ひとりで行っていた。でもこれからはなるべく一緒に行けたらいいな。

「俺たちの子どもをおなかの中で大切に育てている千晶が愛しくてたまらない。ありがとな、千晶」

「英介さん……」

心に染みるセリフにうっかり泣きそうになる。

瞳にじんわりと涙がたまり、英介さんの指がそれを優しく拭ってくれた。

「えっ、千晶。そんなに食べて大丈夫？」

仕事のお昼休憩。

夏真っ盛りのこの時期、さすがに外は暑いので、いつもの広場のベンチではなくて社内の休憩室で透子とランチを取っている。

持参したお弁当のおかずと一緒に大きなおにぎりにかぶりつく私を見て、透子が心配するようにつぶやいた。

「大丈夫大丈夫。なんだか最近すごくおなかが空くんだよね。ふたり分食べないといけないし」

「それうちの姉が妊娠したときにも言ってたけど、食べすぎも後で体重管理が大変らしいよ」

私の妊娠にいち早く気づいた透子はもちろん知っているが、ほかに妊娠を伝えているのは営業部でも私と同じ求人情報誌を担当している社員のみ。ほかのみんなには安定期に入ってから伝えようと上司と相談して決めたので、立花くんはまだ知らない。

つわりがつらい時期は休ませてもらう日が多かった。でも、体調が落ち着いた今は基本的に以前と同じように働けている。無理そうな業務は担当を変えてもらうなど、周囲の協力もあり助かっている。

女性が働きやすいよう理解のある職場でとてもありがたい。産休と育休もしっかりとしていて、しばらく休みをもらった後は復帰するつもりだ。

とはいえ英介さんの仕事は異動もあるので、勤務地によっては引っ越しが必要になり退職しないといけない。

その日、仕事を終えて自宅に戻る前にスーパーに立ち寄った。

夕食の献立を考えながら食材を選ぶ。

英介さんは今日も帰りが遅いそうだ。昨日は午後十一時まで庁舎に残って仕事をしていたらしく、家に帰ってきたのは日付が変わりそうな時間帯。

今日はそこまで遅くならないといいけれど。

それでも英介さんは疲れたそぶりはいっさい見せず、妊娠中の私を気遣ってくれる。

そんな彼のために、つわりも落ち着いて体調が戻った今は夕食作りに力を入れている。英介さんに栄養のあるものを取ってもらいたいし、それはおなかの中の赤ちゃんも同じ。

夕食の献立も決まり、必要な食材をカゴに入れていく。

野菜コーナーでかぼちゃを手に取った。どれがおいしそうか吟味していると、すぐ近くでスマートフォンで写真を撮ったときのようなシャッター音が聞こえた。

スーパーではあまり聞かないような音だ。不思議に思って顔を上げても、それらしきそぶりを見せている人は見あたらない。

空耳だったのかな。

あまり気にせず次はお肉コーナーに向かう。そこでも選んでいるとカシャッとシャッター音が聞こえた。再び見回したが、やはり写真を撮っているようなそぶりの人はいない。

気のせいだと思いたい。でもさすがに二度も自分の近くで同じ音が聞こえるのはおかしい。

不審に感じて、その後は必要な食材をすばやくカゴに入れた。会計を済ませてスーパーの外に出る。

自宅へ向かう足が自然と早くなるが、もしも転んでおなかをぶつけては危ないと意識してゆっくりと歩くようにした。

時折立ち止まってうしろを振り返る。

ふと脳裏によぎるのは、見知らぬ男の人に後をつけられた数カ月前。

あれ以来なにも起こらないので、最近ではもうすっかり頭から抜けて気にしていなかった。

でも、私の近くで二回も聞こえたシャッター音があのときの不安を思い出させる。

もしかして、スーパーで誰かに写真を撮られていたのだろうか。

まだそうと決まったわけではないけれど、背筋に冷たいものが走る。

ゆっくり歩こうと心がけていたのに、自然と歩く速度が上がってしまう。

ようやくマンションに到着して自宅に入り、安心感から思わずその場に座り込んだ。

シャッター音の件を英介さんに連絡した方がいいのかな。

バッグからスマートフォンを取り出して彼の電話番号を表示させる。でもきっとまだ仕事中だ。忙しいのだから連絡をしない方がいい。

帰ってきてから相談しよう。

とりあえず夕食を作るため、ゆっくりとその場から立ち上がった。

その日、英介さんが帰宅したのは昨日と同じく日付が変わるような時間帯。

いつものように私の前では疲れたそぶりをいっさい見せないが、疲労をため込んでいるはず。

そんな彼に余計な負担をかけたくなくて、シャッター音の件は相談できなかった。

それから数日が経ち、季節は八月になった。

「英介さん、送ってくれてありがとう。仕事間に合う?」

今朝は彼と一緒に自宅を出て、同じ電車で出勤。私の会社の最寄り駅で彼もいったん電車を降りて送ってくれた。

「大丈夫だよ」

英介さんの手が私の頭にぽんとのる。

不審な男に後をつけられているかもしれないと打ち明けてから、彼は出勤時間に余裕がある日や仕事が立て込んでいないときなど、自身の業務に差し支えのない範囲で私の会社の前まで一緒に来てくれるようになった。

それは今も変わらない。送る理由はもうひとつ増えたけれど。

「つわりが落ち着いたとはいえ無理はするなよ。気分が悪かったり、体調が優れなかったりしたらすぐに休むこと」

「わかってるよ」

頭に触れている彼の手がくしゃりと髪をなでる。ゆっくりと離れて、今度は私のおなかを優しくさすった。

忙しいはずの彼がこうして私を会社まで送ってくれるもうひとつの理由は、妊娠中の私を気遣ってくれているから。

少し心配性な気もするし、彼の負担になっていないかと申し訳なくも思う。でも、まだたまに電車内など人混みの中では気持ち悪くなることもあったりするので、彼が隣にいてくれるのはとても心強い。

「それじゃあ行ってきます」

名残り惜しいがお互い仕事に行かなければならない。私のおなかに触れていた彼の手が離れる。

「ああ、行ってらっしゃい」

優しく目を細めて微笑む彼に、私もまた笑顔を返した。

「今日は定時で帰れるから、夕ご飯はいつもよりもたくさん作るね」

「それはうれしいが、無理だけはするなよ。俺は少し遅くなるかもしれないから先に食べてて。千晶の料理を楽しみにして帰るから」

また夜には会えるのに、出勤前はいつもほんの少し寂しくなる。

「じゃあな」

彼が背中を向けた。

「英介さんも行ってらっしゃい」

歩き出した彼に手を振ると、軽くうしろを振り向いた彼もまた手を振り返してくれる。英介さんの姿が見えなくなるまで見送りながら、自然と手がおなかをさすった。

妊娠も十三週に突入。体のトラブルなどもなく、私のおなかの中で順調に赤ちゃんは成長している。

心なしかおなかがぽっこりと出てきたような気もするが、食べすぎて少し太っただけかもしれない。

英介さんも赤ちゃんの誕生を待ちわびているようで、毎朝おなかに向かって声をかけている。

そろそろわかるかもしれない性別は、私も彼も男女どちらでも大歓迎だ。性別は聞かずに、生まれるときまでそのドキドキを取っておこうなんて話も最近はしている。

そんなふうに赤ちゃんの誕生を楽しみに思う一方で、やはり不安もまだ残っているのが事実。

予定日は二月でまだまだ先なのに、赤ちゃんがおなかの中で成長していくにつれて、この子が生まれた後を考えては落ち込んでしまう。

私は、お母さんになれるのだろうか。

子どもを産むと必然的に母親にはなれる。でも気持ちの面ではどうだろう。母親として子どもに愛情を注ぐことができるのか、母親らしい振る舞いができるのか。母の背中を見て育っていない私に母親が務まるのか、子育てができるのか。

いったん不安になると、ぐるぐる考えてドツボにはまるのが、私の悪いところだ。

こういうときは英介さんに相談するように言われているけれど、どうしても正直に胸の内を吐き出すことができない。

きっと英介さんはいい父親になると思う。彼の性格や育った環境を思うと、絶対そうに決まっている。

だからこそ私は自分に自信がなくなる。

「おはよう、千晶。こんなところでボーッとしてどうしたの?」

会社の前で悶々と考え込んでいると、肩をぽんと叩かれた。振り向くと透子が立っている。

「早く入らないと遅れちゃうよ」

「うん、そうだね」

ふるふると頭を振って、鬱々な考えを振り払う。それから、私を待ってくれている透子と一緒に会社のエントランスをくぐった。

その日は定時で仕事を終えた。会社を出て、電車に乗ってマンションの最寄り駅で降りる。

夕方になっても暑さは衰えず、吹く風も生ぬるい。

額にうっすらと汗を滲ませながら人通りの多い表通りを歩く。

交差点の歩行者信号が赤に変わって足を止めた。バッグからハンカチを取り出して額や首筋の汗を拭っていると、うしろから肩をぽんと叩かれる。

誰だろう？

振り返ると、スーツを着た男の人が立っていた。

「突然すみません。佐波千晶さんですよね」

「えっ……はい」

旧姓で呼ばれたけれどうなずいた。

英介さんと結婚したので私の名字は変わっている。でも私に声をかけてきた男性はそれを知らないのかもしれない。

というよりもこの人は誰？

話しかけてきたのだから男性は私を知っているのだろうけれど、申し訳ないが私はまったく見覚えがない。

するとと男性が私に一歩詰め寄った。

「ちょっとだけでいいのでお時間いただけませんか」

「私ですか?」

「はい。お話を聞いてほしいんです」

なんだか必死な様子で話しかけてくる男性に対して、警戒心が一気に強くなる。

「手間は取らせません。ほんの数分でいいので」

「いえ、でも……」

思わず足が一歩うしろに下がった。

改めて目の前の男性を確認する。

年齢はおそらく三十代くらい。英介さんよりも年上だと思う。きれいにセットされた髪。そして、眼鏡をかけている。

もしかしてこの人……。

ドクンと心臓が大きく波打った。

私の後を付け回していた男性とよく似た人物を見つめていると、信号が青に変わっていっせいに横断歩道を渡り始める人たちの足音が聞こえた。

間違いない。今目の前にいるのは、数カ月前に私の後をつけていた男性だ。

「すみません、用事があるので」

くるんと背中を向けた。

走りそうになったけれど、おなかに赤ちゃんがいるので足早に歩く。

「待ってください」

男性が私を引き止める声が聞こえた。それでも振り返らず、横断歩道を渡る人波に溶け込むようにして進む。

背後から男性の声で「待って」「少しでいいから」というのが聞こえるが、聞こえないふりをした。

ちらっと振り返ると、男性は人波に行く手を遮られている。あの様子だと今すぐに私を追いかけるのは無理だ。

今のうちに逃げないと。

人通りの多い表通りを進んでいく。

最近はなにも起こらなかったから油断していた。どうして今になってあのときの男性が現れて声をかけてきたのだろう。

不安と恐怖でばくばくと脈が速くなる。

しばらく歩いたところでいったん立ち止まりうしろを振り返った。男性の姿はない。私の姿を見失ったのだろうか。

とりあえずマンションに帰ろう。それから英介さんに電話をして……。

これからどうすればいいのかを冷静に考えながら歩き続ける。

駅から離れるにつれて、表通りを歩く人の数も減ってきた。

表通りを抜けてマンションへと続く路地に入った途端、一気に人通りが少なくなる。

そのとき、背後からコツコツと足音が聞こえてびくっと肩が跳ねた。歩く足を止めずに振り返る。

振りきったと思っていた眼鏡の男性が、再び私の後を追いかけてきている。私がこの道を通ると見越して、別ルートから先回りしたのだろうか。

追いつかれる前に逃げないと……！

とっさに走り出していた。

次第に息が上がり足もズキズキと痛みだす。このまま走っても逃げられそうにないとわかり、建物と建物の間の裏道に逃げ込んだ。

狭い道を進み、途中に置かれているゴミ箱に隠れるように体を丸めて座り込む。

そっと顔を覗かせた。眼鏡の男性が裏道の入口で立ち止まり、きょろきょろと周囲を見回している。

私の姿を見失って探しているのかもしれない。

息を殺して様子をうかがっていると、眼鏡の男性はどこかに向かって走っていった。

ひとまず逃げきることができたのかもしれない。

でも、もしかしたらまだ周囲をうろうろと歩いている可能性もある。今ここを動くのは危険だ。

しばらくここに隠れて、時間が経ってからマンションに帰ろう。というよりも恐怖で腰が抜けて立てない。

バッグからスマートフォンを取り出して時間を確認する。英介さんはまだ仕事中だろうから、電話をかけてもつながらないかもしれない。

それでも震える指先で彼の番号を表示させ、スマートフォンを耳にあてた。

＊＊＊

自分でも過保護だとは思うが、心配なのだから仕方がない。

「英介さん、送ってくれてありがとう。仕事間に合う?」

「大丈夫だよ」

千晶の頭に手を優しくのせる。

時間に余裕のある今日、千晶の会社の前まで見送りに来た。本当は毎日こうしたいのに、仕事が忙しく送ってあげられない日の方が多くてもどかしい。

彼女が不審な男に後をつけられているのが心配で始めたことだが、今はそれに加えて彼女が妊娠中だからというのもある。

つわりがひどくて体調の悪い日が続いていた千晶に、少しでも寄り添いたかった。

「それじゃあ行ってきます」

「ああ、行ってらっしゃい」

名残り惜しくて千晶のおなかに触れている手を離したくはないけれど、会社まで送ってきたのにここで引き止めるわけにもいかない。

「今日は定時で帰れるから、夕ご飯はいつもよりもたくさん作るね」

「それはうれしいが、無理だけはするなよ。俺は少し遅くなるかもしれないから先に食べてて。千晶の料理を楽しみにして帰るから」

最近は仕事が立て込んでいて帰りの遅い日が続いていた。それもようやく落ち着いたので、本来であれば普段よりも早く帰れるのだが、今夜はある人物との約束がある。無事にそれを終えたら千晶の料理を堪能したい。

「じゃあな」

背中を向けて歩き出す。行ってらっしゃいと手を振ってくれる彼女に俺からも手を振り返して、駅に向かった。

「さてと、行くか」

気持ちを切り替えるため短く息を吐き出した。

定時から少し遅れて仕事が一段落した。

足早に庁舎を出たところで、めんどうな後輩に掴まってしまう。

「あ！　加賀美せんぱーい」

無視するわけにもいかず足を止めた。振り向くと、及川が大きく手を振ってこちらに駆け寄ってくる。

「今帰りですか」

「そう。及川も？」

「俺もです。どうですか、これから一杯」

俺を飲みに誘った及川だが、すぐになにか気づいたようでハッとした表情を見せた。

「俺と飲んでいる場合じゃないですよね。奥さん妊娠中なんだから早く帰らないと」

「そうだな。でも今日はちょっとこれから人と会う約束をしてるんだ」

「新婚早々浮気ですか」

「あほ」

及川の頭を軽く拳で叩いてから、止めていた足を再び動かす。その後を及川もついてきた。

「誰と会うんですか」

「千晶の後をつけていた男のボス」

「え⁉」

及川がぎょっとしたような表情で俺に詰め寄ってくる。

「犯人わかったんですか」

「まぁな」

及川も千晶を心配していたからやはり気になるのだろう。

同じマンションに住んでいることもあり、俺が仕事で遅いときや帰れないときなどは千晶を気にしてくれていたようだ。及川には感謝している。

「これからその人物に会って話をつけてくる」

「加賀美先輩ひとりでですか？　千晶ちゃんは？」

「彼女は同席させない。ひとまず俺が会ってくる」

千晶には内緒で不審な男の正体を探っていた。

かつて同じ部署で働いていた同僚が、ストーカー行為やつきまといなどの捜査に詳しく、彼の手も借りながら水面下で独自に動き、犯人を突き止めることに成功した。

「じゃあ俺は今日こっちだから行くな」

「あ、待ってください加賀美先輩。その話もっと詳しく」

及川に引き止められるが今はそんな時間はない。

「また今度な」

そう言い残して、足早に駅に向かった。

電車で向かったのは新宿にあるホテル。そこのラウンジで待ち合わせをしている人物こそ、千晶をつけ回していた男の背後にいる人物だ。

「お待たせしてすみません」

その人は俺よりも先に到着していたようで、窓際の席に座っている。

「いいえ、私が早く着きすぎたの。まだ約束の時間になってないわ」

涼しげな白のスーツを着こなす彼女は、関東を中心に美容室やネイルサロン、エステサロンなどを展開する『株式会社ＹＵＫＩＳＨＩＲＯ』の代表取締役社長、雪代晶子――千晶の母親だ。

座っていてわかりづらいが、おそらくこの年代の女性の平均身長よりは背が高い。全体的にさっぱりとした顔つきは千晶とは似ていない。たぶん千晶は父親である佐波さん似なのだろう。

対面のイスに腰を下ろして、深く頭を下げた。

「初めまして。千晶の夫の加賀美英介と申します」

名乗ってから名刺を彼女に手渡す。それを見た彼女の顔が一瞬強張るのがわかった。

「警察庁の方だったのね」

初めて彼女に連絡を入れたときは千晶の夫としか名乗らなかった。うしろめたいことをしていた自覚があるのか、俺が警察の人間だとわかり委縮したのだろう。

「雪代晶子です」

彼女も自身の名刺を俺に手渡す。

「今回の件は本当に申し訳ありませんでした」

彼女が深く頭を下げた。

初めに連絡を取ったとき、すでにこちらの要件は伝えてある。

「すべて私のせいなんです」

そう切り出した彼女は、千晶を尾行するに至った経緯を話し始めた。

最初のきっかけは彼女の秘書――千晶の後を付け回していた眼鏡の男が三月に挙げた挙式だったそうだ。

それに参列していた彼女は、花嫁が両親に向けた手紙を読んでいるのを聞きながら、ふと千晶のことを思い浮かべたらしい。

「千晶もそろそろ結婚するような年齢なんだなと思ったら、あの子に会いたくてたまらなくなった。自分から家を出たのに虫がいい話よね」

彼女が自嘲気味な笑みを浮かべる。

「たしかにそうですね。自分勝手だとは思います」

はっきりと意見を伝えると、彼女は「そうよね」と悲しそうに笑った。

「だから会いたいと思っても実際に行動には移さなかった。でも私が娘に会いたいってつぶやいたのを聞いた秘書が、私に内緒で千晶のことを調べていたの。それで、千晶の行動を私に報告してくれるようになって」

話を聞いた限りだと、俺の予想に反して初めは彼女の指示ではなく、秘書である眼鏡の男が独自の判断で動いていたようだ。

「いけないことをしているとわかっていたけど、成長した千晶がどんなふうに過ごしているのか知りたくて、秘書の行動を止めることができなかった。こそこそと千晶を調べて後をつけたり、隠し撮りをしたり」

「隠し撮りもしていたんですか？」

あいつそこまでしていたのかと、さすがに怒りが込み上げる。思わず拳を強く握りしめた。

彼女がさらに深く頭を下げる。

「本当に申し訳ありませんでした」

言いたいことは山ほどある。でもそのすべてをのみ込んだ。

「謝罪の気持ちがあるのなら、千晶へのつきまといはやめてください」

「もちろんやめます」

顔を上げてうなずく彼女を見て、俺は言葉を続ける。

「それに、謝罪する相手は私ではなくて千晶です。知らない男に後を追われて、彼女がどれだけこわい思いをしたか」

「そうよね。千晶にはかわいそうなことをしてしまったと反省してるわ」

「それなら直接会って謝罪をしてください」

俺の言葉に彼女がすっと顔を上げる。

千晶とはあまり似ていないその顔を見つめながら、ゆっくりと口を開いた。

「今、千晶のおなかには私との間にできた子どもがいます」

「ええ、知ってる。秘書に聞いたから」

おそらく産婦人科に通う千晶の後をつけて得た情報だろう。やはり知らない間に個人情報を調べられていたことには腹が立つし、いい気分ではない。

けれど今はそれをとがめるよりも伝えたいことがある。

「千晶は子どもが生まれるのを楽しみにしています。でも、それと同じくらい子育てに対する不安もあるようです」

どうにかしてその不安を拭ってあげたいが、おそらく俺では無理だ。それができるのは、今俺の目の前にいる彼女だけ。

「千晶が言うには、自分は母親をよく覚えていないから、こんな自分がちゃんと子育てができるのか不安だそうです」

「あの子がそんなことを……。私のせいね」

力なくつぶやいた彼女が視線を落とす。

「私を引き止める千晶を置いて家を出たことを、今はとても反省している。できることなら直接会ってあの子に謝りたい」

もしかしたら彼女にも、まだ幼かった千晶を置いて家を出なければならない、なにかよっぽどな事情があったのかもしれない。

だからといって彼女の行動で千晶が深く傷ついたのは事実だ。俺はそれが許せない。けれど同時に、この親子の間にできたわだかまりを解きたいとも思う。

「千晶に対する尾行の件は許されるべき行為ではないし、強い憤りを感じています。ですが、あなたに千晶との関係を修復したい気持ちがあるなら協力します」

カバンからメモ用紙とペンを取り出して数字を書いた。そのメモをテーブルにそっと置く。

「この日のこの時間、またここに来てください。千晶を連れてくるので」

そこでふたりで話をしてほしい。

意図が伝わったのか彼女がメモ用紙を手に取り、大切そうに胸に抱えた。

「ありがとうございます」

「では、俺はこれで」

席を立ち、軽く頭を下げた。

「待ってください、加賀美さん」

彼女に呼び止められて振り返る。

「最後にひとつだけ教えてほしいの。加賀美さんと千晶はどういう出会いをしたのかしら。もしよかったら教えてもらえるとうれしいのだけれど」

遠慮がちに尋ねられ、俺は当時を思い出しながら口を開く。

「佐波さん……千晶のお父さんがきっかけです」

「あの人が?」

俺が警察庁に勤めていることや、初めて配属された警察署に佐波さんがいてお世話になったこと。それ以降も親しくさせてもらい、自宅を訪ねたときに千晶と出会ったこと。その数年後に恋人になり、今は結婚して夫婦になったことを話した。

千晶の母親はうなずきながら、俺の話に静かに耳を傾けていた。

「そう。じゃあ千晶は今幸せなのね」

ほっとしたように微笑む彼女の瞳には、うっすらと涙の幕ができている。それを指で拭うと、俺に視線を向けた。

「母親失格の私が言うことではないけれど。加賀美さん、千晶のことをよろしくお願いします」

深く頭を下げる彼女が、子どもの頃の千晶を置いて家を出たのは事実だ。それでも、目の前で俺に頭を下げる彼女が我が子を捨てるような冷酷な女性にも見えなかった。

こうして顔を合わせて話をして思ったのは、彼女が心から反省をしているということ。千晶に会って謝罪したい気持ちは嘘ではないはず。

俺は再び頭を下げて、ラウンジを後にした。

とりあえず無事に話し合いを終え、千晶へのつきまとい行為をやめさせることができて胸をなで下ろす。

早く家に帰って、千晶のおいしい手料理が食べたい。

そんなことを思いながらホテルを出たときだった。ジャケットの中でスマートフォンが振動していることに気づく。

電話がかかってきている。取り出すと、画面に表示されているのは今頃は自宅にいるはずの千晶の名前だ。俺はスマートフォンを耳にあてた。

「もしもし、千晶。どうした？」

『英介さん』

聞き取りづらいほど小さな声で彼女が俺の名前を呼ぶ。ふと妙な胸騒ぎがした。

「なにかあったのか」

『それが、後をつけられていて』

「つけられてるって……この前の男か？」

『たぶん。スーツを着て眼鏡をかけた男の人だった』

おそらく千晶の母親の秘書だ。

『英介さん。私、どうすれば……』

千晶の声が震えている。状況からして今も後を追われているが、電話をかけているということはどこかに隠れているのかもしれない。雑音が混ざっているので自宅ではなく、彼女がいるのは外だ。

「今どこにいるんだ？」

『マンションの途中にある狭い裏道。表通りから路地に入って、自動販売機を越えた少し先にあるところ』

その場所ならわかる。駅からマンションへの近道で、街灯が少ないのと人通りもあまりないのでとくに帰宅時はひとりで歩くなと伝えてあったが、追い回されて逃げているうちに通ってしまったのだろう。

「わかった。すぐに向かう」

そう伝えながら走り出す。駅に向かって電車に乗るよりも、タクシーを使った方がおそらく早い。

ホテルの前に停車しているタクシーに乗り込み、行き先を告げた。すぐにタクシーが動きだす。

スマートフォンを再び耳にあてた。

「千晶。スマホはこのまま通話状態にしておいて」

『うん』

「そこは安全なのか？」

『わからない。今は大丈夫だけど……きゃっ！』

「千晶⁉」

突然、聞こえた彼女の小さな悲鳴に思わず叫んでしまう。タクシーの運転手を驚かせてしまったがそれどころではない。

「どうした。なにがあった」

『あっ、ごめんなさい。猫だった。物音がしたから見つかったと思って』

「そうか」

とりあえず彼女が無事だとわかり全身から力が抜け、背もたれに寄りかかる。

状況がはっきりと掴めないのがもどかしい。千晶を追い回しているのはおそらく秘書の男だ。危害を加えたりはしないと思うが、恐怖心を抱えている千晶を思うと一刻も早く駆けつけたい。

幸いにも道路が混んでいなかったおかげで、十分ほどでマンションの最寄り駅まで来た。そこでタクシーを降りて、あとは走って千晶のもとへ向かう。

表通りを抜けてマンションへとつながる細い路地に入った。

自動販売機を越えたところにあるさらに細い裏道に入って少し進んだところで、うずくまって座っている彼女の姿を見つけた。

「千晶」

「英介さんっ！」

俺を見て立ち上がった彼女を引き寄せて、胸の中に閉じ込める。

「無事でよかった」

もう大丈夫だと伝えるように彼女の背中をさすった。

「後をつけていた男は？」

「わからない。もうどこかに行ったのかも」

「そうか。とりあえずここを離れよう」

千晶の体を離して、手を握る。

狭い裏道を出て路地に戻った。辺りを見回すが眼鏡の男の姿はない。周囲を警戒しながら歩き始める。

「後をつけられたほかになにかされなかったか？」

「声をかけられて、話を聞いてほしいって言われた」

「話？」

千晶の母親について伝えるつもりだったのだろうか。

「でも、それを聞く前にこわくて逃げちゃって」

「それでいいよ」

手をつないでいない方の手で彼女の頭をそっとなでた、そのとき。

どこからか視線を感じて、ぴたりと足を止める。

「英介さん？」

千晶も立ち止まり、不安そうに俺を見た。そんな彼女を自身の方へと引き寄せてから、背後に向かって声をかける。

「こそこそ後をつけ回すのはやめろ。こっちはもうお前の正体はわかってる」

振り返ると、眼鏡をかけたスーツ姿の男が立っていた。

千晶を背中にそっと隠してから、眼鏡の男に声をかける。

「お前は、株式会社ＹＵＫＩＳＨＩＲＯの代表取締役、雪代晶子さんの秘書だろ」

「えっ」

俺のうしろで千晶の驚くような声が小さく聞こえた。眼鏡の男もなぜ俺が正体を知っているのか疑問のようで固まっている。

「ど、どうしてそれを……」

眼鏡の男は動揺したようにつぶやいた。

「ちょうどさっき雪代社長と会って話をつけてきた。だからもう千晶をつけ回す必要はない。彼女をこわがらせる行為は、これで終わりにしてくれないか」

「社長と会ったって……」

状況が把握できていないのだろう。眼鏡の男は戸惑ったような表情を見せていたが、しばらくすると素直に受け入れ「申し訳ありませんでした」と頭を下げてこの場を去った。

「帰ろう、千晶」

彼女の腰に腕を回して、帰宅を促す。

「英介さん。どういうこと？」

「帰ったら全部話すよ」

こんなところで話すような内容ではない。

不安そうな眼差しで俺を見つめる彼女を少しでも安心させたくて、微笑んでみせた。

帰宅してから千晶をソファに座らせる。

「なにか飲む？」

脱いだジャケットをソファの背もたれにかけてキッチンに向かおうとすると、俺のワイシャツの袖を千晶の手が掴んだ。

「なにもいらない。それよりも話を聞かせて」

「そうだよな」

俺が逆の立場でも、気になってのんきに飲み物など飲んでいる場合ではないはずだ。

苦笑を浮かべて、千晶の隣に腰を下ろした。

とはいえなにから話せばいいのか。頭の中で組み立ててから口を開く。

「実は、千晶から不審な男に後をつけられていると聞いたときから、そいつの正体を探っていた」

「英介さんが？」

「ああ。それでようやく犯人を特定できた」

千晶の目がじっと俺を見つめる。わからないことだらけで不安だろうに、俺の話を取りこぼさないとでも言いたげにじっと耳を澄ましている姿がいじらしい。

「あの眼鏡の男は千晶に危害を加えようとか、そういう悪意があったわけじゃないんだ。話を聞いてほしいって言われたんだろ」

「うん」

「それは千晶の母親について話をしたかったんだと思う。彼は雪代晶子——千晶の母親の秘書だ。雪代さんが千晶に会えるように動いていたらしい」

「お母さんが私に会えるように……」

俺の言葉を繰り返してから千晶はそっとうつむいた。膝の上に置いた両手にきゅっと力がこもるのがわかる。

「私を置いていったのに、どうして今さら」

「自分の過去の行いを反省してるんだ。だから千晶に謝罪がしたいと、雪代さん本人が話してた」

「そっか。英介さんは母と会ったんだよね」

「ごめんな。勝手なことして」

ううん、と千晶が首を横に振る。彼女の手を優しく包んだ。

「雪代さんは千晶に会いたいと言ってる。千晶はどうする?」

「会わない」

千晶がはっきりと答える。

「あんな人、母親だとも思ってないし、もう二度と顔も見たくない」

俺の手からするりと自身の手を引き抜いた千晶が立ち上がる。

「ありがとう英介さん。私のために調べてくれて。でも、今はひとりになりたい」

千晶はそう言うと、リビングを後にして寝室に行ってしまった。

「……そう簡単に和解は無理か」

まだまだ母親の存在が必要な子ども時代に、置いていかれてしまった彼女の気持ちを思うと、そうやすやすと母親を許せない気持ちも理解はできる。

だからといって、実の母親に対して恨みに近い負の感情を抱き続けるのもきっとつらいはずだ。

「なんとかしてやりたいんだけどな」

歯がゆい気持ちがあふれて、自身の髪をくしゃりとかき回した。

母親とヒーロー

『ごめんね、千晶。お母さんこの家を出ていくから』

十七年前、小学校から帰ってくると、ボストンバッグを持ってよそ行きのきれいな服を着た母がちょうど玄関から出てくるところだった。

『お母さんどこに行くの？』

私の横を通り過ぎた母が振り返らずに立ち去っていく。

『待って、お母さん』

呼び止めても答えてくれなくて、母は私に背中を向けたまま歩いていく。

『ちあきも一緒に行く。ランドセル置いて準備してくるから待ってて。置いていかないで』

急いで家の中に入ろうと玄関の扉に手を掛けた。けれど……。

『ついてこないで。ひとりで行きたいの』

立ち止まって振り返った母は、強い口調で私にそう言った。

『ちあきも一緒に行ったらだめなの？』

『だめよ』

ぴしゃりと言い返されて、それ以上はなにも言えなくなった。

再び母は私に背中を向けて歩き出す。

『お母さんっ』

置いていかないで。

引き止めるためのいろんな言葉が喉もとまで出てきた。でも口には出せなくて、スカートの裾をぎゅっと握りしめながら、小さくなっていく母の背中を見つめることしかできなかった。

それが、私が母を見た最後の日になった。

「千晶、大丈夫？」

ふわっと意識が浮上する。

気がつくと私の目からは涙がこぼれていて、英介さんが心配そうに顔を覗き込んでいた。

「夢、か……」

ぼんやりと辺りを見回して、ここが寝室のベッドだと気づく。

室内はまだ暗くて朝はきていないようだ。

「こわい夢でも見たのか」

隣に眠る私を英介さんが自分の方へと引き寄せる。彼の胸に顔を寄せてぎゅっと服にしがみついた。

「お母さんが家を出ていったときの夢……」

当時は繰り返し見ていたが、母がいない生活が少しずつあたり前になってくるとその頻度は減り、小学校高学年の頃には夢に出てくることも、母を思い出すことすらもなくなっていた。

それが妊娠を期に、母に置いていかれたときの夢をまた頻繁に見るようになり、数日前、春頃から私の後をたびたび付け回していた眼鏡の男の正体がわかってからは連日のように続いている。

十七年前に家を出ていった母が関わっていたのは衝撃だった。

父と離婚をした母が会社を立ち上げたというのは、叔母から聞いて知っていた。眼鏡の男は母の秘書らしい。

ヘッドボードに置いてある時計は午前三時を指している。

私は早めに寝たけれど、昨夜も遅く帰宅した英介さんがベッドに入ったのは日付が変わってから。

ちょうど深い眠りに落ちていた頃だと思うのに、隣でうなされている私に気づいて目を覚ましたのだろう。

まだ眠いはずなのに、私の気持ちが落ち着くまで腕枕をしながら髪をなでてくれている。

「お母さんに会ってみる？」

英介さんの問いかけに、私は小さく首を横に振った。

「会わない」

「俺もその場に一緒に行くって言っても？」

「会いたくない」

「そっか」

英介さんは優しくうなずいてくれたけれど、こんな私にきっとあきれているんだろうな。

実の母親が会いたいと言っているのだから会えばいいのに。もしかしたらそう思われているかもしれない。

でも、会いたくないものは会いたくない。

私を置いていったのに、自分が会いたくなったから再び私の前に現れようとしているなんてだいぶ身勝手だ。

「英介さんは私を置いていかないでね」

あんな夢を見た後だからだろう。彼が母のような非情な人ではないとわかっていても、不安からついそんなことを言ってしまった。

「俺はどこにもいかないよ。千晶のそばにいる」

英介さんの唇が私のつむじの辺りに優しく触れる。彼の胸の中でそっと顔を持ち上げると唇が重なった。

優しいキスに不安な気持ちが解けていく。

唇が離れてからも、英介さんは私の気持ちが落ち着くように髪をなでてくれた。そうされているうちに自然と瞼が重くなって、再び眠りに落ちた。

仕事を終え、職場を出た後で産婦人科に向かう。今日は妊婦検診の日だ。

赤ちゃんは今日も順調。母の秘書に追いかけられたときに走ってしまったことを心配していたが、その影響はどこにもなくて安心した。

先生が性別を見てくれようとしたけれど足をきっちりと閉じているようで、まだわからなかった。

それからスーパーに立ち寄って帰宅する。

食材の入った袋とバッグをとりあえずイスの上に置いたが、乗りきらずにバッグだけが落ちた。中身がすべて飛び出す。

慌てて拾い集めながら、ふとハンカチを見つけて手に取った。

以前、仕事のお昼休みでよく利用する定食屋で、グラスを倒して水をこぼした男性に渡したものだ。

どうして私の手もとに戻ってきたのかというと、あのときの男性が私の後をつけて定食屋に入店していた母の秘書だったから。

気づかなかったが、知らないうちに接触していたようだ。

その事実を英介さんから教えてもらい、渡したハンカチも彼を通して戻ってきた。

フローリングの床には名刺も落ちていて、それを手に取る。

株式会社ＹＵＫＩＳＨＩＲＯと社名が載っているこの名刺は母のものだ。必要ないと言ったのに英介さんに渡された。

すぐにでも破こうとして思いとどまり、名刺をバッグに入れたままだったのを思い出す。

今度こそ捨てようとしたが破ることができない。

もしかしたら連絡をするときがくるかもしれない。心の片隅にそんな思いがあるから捨てられないのかも。

母には会いたくない。でも会って聞いてみたいことがある。

あの日どうして私を置いていったのか。その理由を母の口から聞きたい。

八月第二週の土曜日。

今日は私と英介さん、それから英介さんのご両親と私の父親が集まる食事会の日だ。

両家顔合わせで英介さんのお父様と私の父が意気投合して、月一で食事会を開くことになった。それが今日で、顔合わせを行ったホテルの日本料理屋でランチを取る予定だ。

予約の時間は十二時で、家を出たのが十時。

だいぶ早くホテルに着いたが、英介さんに寄りたい場所があるらしい。

電車で向かい、十時半にはホテルに到着。英介さんが向かったのはラウンジだ。

窓際の席に腰を下ろし、注文した飲み物が届いてから彼が切り出した。

「千晶。今からここにお母さんが来る」

「お母さん？」

「千晶の母親だ」

英介さんの言葉に、頭をがつんと殴られたような衝撃が走った。

どうして母がここに？

「でも私、会いたくないって……」

英介さんは私の気持ちを知っているはず。それなのにどうして母がここに来るのだろう。

「やっぱり、千晶は一度お母さんと会って話をした方がいいと思う」

「でも……」

「千晶だって本当はお母さんに会いたいと思っているんだろ」

言葉を返せずにぎゅっと唇を噛みしめた。

「ひとりで会うのが不安なら俺も同席するよ。それなら会えそう？」

英介さんはどうしても私を母に会わせたいらしい。私だってその方がいいとは思っている。せっかく英介さんが母と会う場所をつくってくれたのだから。

「ひとりで大丈夫。母と会って話をする」

「そうか」

もちろん英介さんが隣にいてくれたら心強い。でも彼の優しさに甘えてばかりではいけない。母とふたりで会って話をしないと。

「千晶？」

ふと聞こえた女性の声にハッと振り向く。

そこには、上品なワンピースを着たすらりと背の高い女性が立っていた。

艶のある黒髪はさっぱりとしたショートカットで、凛とした目力のあるシャープな目もとが印象的だ。

「お母さん？」

あの頃の母の姿を思い出せない。それでも目の前にいるこの女性が私の母親なのだろう。

英介さんがすっと席を立った。

「あとはふたりで話をして」

彼の手が私の頭をさっとなでる。母に軽く頭を下げてからラウンジを後にした。

英介さんが座っていた席に母がゆっくりと腰を下ろす。それから真っすぐに私を見つめた。

「来てくれてありがとう、千晶。あなたに会いたかった」

微笑まれて、思わず視線を落とす。膝の上に置いた両手をぎゅっと握りしめた。

「ごめんね、千晶。あの日あなたを置いていって」

「どうして……」

とっさに飛び出た私の声は震えていた。勢いよく顔を上げて母を見つめる。

「どうしてあの日家を出ていったの。私を置いていったの」

母が家を出ていった理由をずっと知りたかった。父に聞けば教えてくれたのかもしれない。でもなんとなく聞きづらくて、父の前で母の話題を出すのをずっとためらっていた。

「お母さんが弱かったの」

そう切り出して母が言葉を続ける。

「あの頃のお父さんは、仕事ばかりを優先させてなかなか家に帰ってこなかった。だから必要とされていないと感じて寂しかったの。お父さん、千晶のことはすごくかわいがっていたけど、お母さんに対しては冷たかったから」

子どもの頃を思い出してみる。たしかにあの頃、父が家にいた記憶はあまりない。

私はいつも母とふたりで過ごしていた気がする。

「それである日思ったの。私って必要なのかなって。そう思い始めたら、もっと自分を必要としてもらえる場所に行きたくなって家を出た。限界だったのよ……」

当時を思い出しているのか苦しげに語る母を見て、あの頃の母の顔をぼんやりとだけど思い出せた。

笑顔はなく、うつろな表情。私が描いた絵を見せてもなんの反応もしてくれない。

母に嫌われていると思っていた。

「だからお父さんと離婚をして家を出た。本当にごめんなさい」

母の口から私を置いていった理由を教えてもらっても、すっきりとした気持ちには

ならなかった。結局、母は自分のために家を出たのだ。

「千晶。あなたを傷つけてとても反省している」

「でも後悔はしていないでしょ？」

母がハッと息をのんだ。

「私とお父さんを捨てて、お母さんは会社を立ち上げた。そのことに後悔はしていな

いでしょ。というか後悔しているなんて言ってほしくない。今のお母さんが幸せじゃ

ないと、私とお父さんもただ捨てられただけになるから」

より自分の輝ける場所を求めて母は家を出ていった。そう思った方が気持ちは楽だ。

「そうね、千晶の言う通り。反省はしていても後悔はしていないわ」

そう答えた母の凛とした瞳が真っすぐに私を捉える。

「でもこれだけは言わせて。お母さんは千晶が好きよ。本当は連れていきたかったの。でもそうしなかったのは、お母さんみたいな弱い人と一緒にいるよりも、千晶はお父さんといた方が幸せになれると思ったから」

さっきまでは我慢できていたのに、じわじわと目に涙がたまってくる。

たぶん私が母に会いたいと思ったのは、私を置いていった理由を聞きたかったからじゃないのかもしれない。

『千晶が好きよ』

母にそう言ってほしかったからだ。

「千晶」

イスから立ち上がった母が私の隣に腰を下ろす。そして、ぎゅっと強く私を抱きしめた。

「ごめんね千晶」

ぽろぽろと涙を流す私の髪を母の手が何度も優しくなでている。ごめんねと繰り返す母の声も震えていて、きっと彼女も泣いているのだろう。

私を抱きしめている母の体をそっと押して距離をつくった。

「私はずっとお母さんに嫌われていると思ってた。捨てられたと思ってた。だからすぐには許せない」

「千晶」

「でも、少しずつ許していきたい。だから私とまた会ってくれる？」

「もちろんよ。またいつでも会いましょう」

母が泣きながら笑顔を見せる。それにつられるように私の表情も和らいだ。

「あと、お父さんにも会ってあげてほしい。きっと後悔していると思うから」

母と離婚をする前の父は、仕事で家にいない日が多かった。でも離婚後はきちんと家に帰ってくるようになったし、私と過ごす時間を大切にしてくれた。

きっと父なりに猛反省したのだろう。そして当時の自分を後悔するように、母が家を出ていった日は毎年必ず酔いつぶれて帰宅する。きっと父もつらかったはずだ。

さっき母は父の態度が自分に対して冷たかったと言っていたが、父が意識して母にそうしていたわけではないと思う。

父なりに母を大切に思っていたが、きっと思いやりが足りなかったのだろう。

「ええ、そうね。お父さんとも会って話をするわ」

母は静かにうなずいた。

時刻は午前十一時半。

そろそろ食事会の時間も迫っているので英介さんに連絡をした。

彼が戻ってくると、母は深く頭を下げてから席を離れた。

母とは連絡先を交換したのでこれからはいつでも連絡が取れるし、会いたいと思えば会える。

少しずつ母との関係も改善していきたい。そしていつかまた、父も含めた三人で会える日がくればいいな。

そんなことを思いながらラウンジを出ていく母の背中を見つめていると、隣から伸びてきた指に鼻をきゅっとつままれた。

「んっ」

英介さんが笑っている。

「お母さんとしっかり話ができたみたいだな。千晶の顔がすっきりしてる」

鼻をつまんでいた指が離れていく。

「英介さんのおかげだよ。ありがとう」

彼が母と会う時間をつくってくれたから会う決心がついた。だから彼には感謝している。

「英介さんに助けられてばかりだね、私」

再会してから今日までの日々を思い浮かべる。

手術を拒む父を説得してくれたのも英介さん。後をつけられていた件を解決してくれたのも英介さん。母と会うことに迷っていた私の背中を押してくれたのも、やっぱり英介さんだ。

私はずっと彼に助けられている。

「英介さんがいないと私はもうだめかも」

本心だけど、わざと冗談っぽく伝えてくすっと笑った。英介さんが優しい表情で口を開く。

「それでいいんじゃないか。俺はこれからもずっと千晶のそばにいるんだから」

英介さんに頼って生きていこうとは思っていない。でも彼が隣にいてくれると安心するし、少しだけ強くなれるような気がする。

私にとって英介さんは隣にいてほしい人。そして……。

『千晶にとってそのときの彼は、ピンチを救ってくれたヒーローみたいな存在だろ』

以前、高校生の私を痴漢被害から助けてくれた大学生の男の人の話をしたとき、英介さんは彼に嫉妬していた。

たしかにあのときの彼の行動はとても素敵でかっこよかった。

でも今は、誰よりも英介さんを素敵だと思うしかっこいいと思う。

私にとってのヒーローは英介さんだ。


その後の食事会は賑やかに終えた。

話し足りないらしく、英介さんのご両親と私の父はこれから別の店に移動するそうだ。私と英介さんは電車に乗って帰宅の途に就く。

休日の午後二時過ぎの電車はそこまで混んではいないが、座席はほぼ埋まっていた。たまたま空いた席があって私は座れたけれど、英介さんは吊革に掴まりながら立っている。

三駅ほど進んだところで、ふとドア付近に立っている女の子が目に止まる。

制服を着ていて高校生くらいだろうか。休日だけど学校があったのかもしれない。

彼女のうしろには三十代ぐらいの男性が立っていて、その距離の近さに違和感を覚える。電車内はそこまで混み合っていないのに、あそこまでぴったりとくっついているのは不自然だ。

過去に自分が同じ被害に遭っているからこそピンときたのかもしれない。女の子のスカートをじっと見つめる。

すると背後に立っている男性が、持っているカバンでうまく隠しながら女の子のお尻の辺りに手を這わせているのがちらっと見えた。

間違いない。あの子は今、痴漢被害に遭っている。

「英介さん」

目の前で吊革に掴まって立っている彼の上着の裾を、つんつんと引っ張った。

「どうした？」

「あそこに立っている制服の女の子」

「女の子？」

視線で示すと、英介さんも同じ方向に目を向けた。そして私がなにを伝えようとしているのか気づいたのだろう。

彼の目がすっと細くなり、表情が険しくなる。

「触られてるな」

どうやら英介さんにも見えたらしい。

女の子はうつむきながらじっとこらえている。その姿が過去の自分と重なった。

助けないと……！

そう思って席を立とうとした私の肩を、英介さんが優しく押し返す。

「千晶はここで待ってて」

軽く微笑みながら私の動きを制した後、英介さんの顔つきが一段と険しくなった。

揺れている車内を颯爽と移動して女の子のもとへ近づいていく。そして彼女の隣に立ち、険しい表情を崩して優しく声をかけた。

「大丈夫？」

突然英介さんが近くにきて驚いたのか、女の子に触っていた男の手が離れる。その手を英介さんがすかさず掴んだ。

あれ？　今のって……。

英介さんが痴漢加害者の男を捕まえたのを見て、ふと思い出した。

同じような光景を前にも見たことがある。

あのときは私があの女の子で、大学生くらいの男の人が今の英介さんと同じように私を助けてくれて……。

「離せっ」

英介さんに手首を掴まれた男が抵抗している声でハッと我に返る。

男は逃げようとしているようだが、英介さんの力にはかなわないらしくその場でじたばたと暴れている。

けれど観念したのか、ぐったりと力が抜けたようにおとなしくなった。

近くにいた女性が女の子のもとに向かい、気遣うように声をかける。さらに男性が英介さんに話しかけ、男が女の子の体に触っていたのを自分も見て気づいていたと打ち明けた。

英介さんのように助ける行動を取れなかった後悔があるようで、せめて男の犯行を目撃したことだけは警察に証言したいと言った。

英介さんはその場で警察に通報。

しばらくして電車が減速し、駅のホームに到着すると、そこにはすでに制服姿の警察官が数人待機していた。

英介さんに連れられて、痴漢加害者の男性が電車から降りる。

被害者の女の子も女性に寄り添われながら降りていき、その後に私も続いた。

英介さんは警察官に警察手帳を見せると、今回の痴漢被害について説明。目撃者の男性が証言し、女の子も自ら被害を訴えた。もちろん私も加勢する。

目撃者がこれだけいては言い逃れができないだろう。

痴漢加害者の男に抵抗する様子は見られず、おとなしく警察官に連行されていった。

被害にあった女の子も女性の警察官に付き添われながらこの場を後にする。途中で振り返り、英介さんに向かって深く頭を下げた。

彼のもとに制服姿の警察官が駆け寄り、ぴしっと敬礼をする。

「ご協力ありがとうございました」

「いえ」

笑顔で答えた彼もまた、右手をこめかみ辺りにかざして答礼をした。

振り返った彼と目が合い、こちらに向かって歩いてくる。

「千晶は大丈夫か？」

「えっ。うん、私は大丈夫」

どうして心配されたのか一瞬わからなかったが、おそらく私も過去に痴漢被害に遭っているので、当時を思い出してつらくなっていないかを気遣ってくれたのだろう。

「いろいろあって大変だったな。今日はもう電車はやめてタクシーでゆっくり座りながら帰ろう」

英介さんの提案で、私たちはタクシーを使って帰宅した。

エピローグ

自宅に戻り、私と英介さんはソファに座りながら、彼が淹れてくれたノンカフェインのコーヒーを飲み、ゆっくりと休む。

今日は母と十七年ぶりに会って話をしたり、両家での食事会があったり、痴漢加害者を捕まえたりして、少し疲れた。

このまま座っていたら目をつむってしまいそうだ。

「思い出したんだけど」

ふと英介さんの声が聞こえて、閉じかけていた瞼を開ける。

「さっきと同じことが、前にもあったような気がするんだよな」

彼の言葉に眠気は一気に吹き飛び、ドクンと大きく心臓が跳ねた。

私も同じことを思っていたからだ。

英介さんが思い出すようにゆっくりと口を開く。

「大学生の頃かな。あのときもたしか、制服を着ている女の子がスーツ姿の男に触られているのに気づいて声をかけた。で、男を掴まえて駅員に突き出したんだよな」

話しているうちに鮮明に思い出せたのだろう。

「あのときの子って……もしかして千晶？」

「うん、そうだと思う」

英介さんを見つめ返して大きくうなずく。

「私もさっき気づいたの。あのとき私を助けてくれたのは英介さんだよ」

いきなり男に声をかけるのではなくて、まずは女の子に話しかける。その後で女の子に触れていた男の手をすばやく掴み、次に停車した駅で降りて駅員に男を引き渡す。

さっきの英介さんは、私のときとまったく同じ方法で痴漢の加害者を捕まえていた。

「そっか、俺だったのか。千晶の話を聞いても思い出せなかったのに、さっきふと思い出したんだよな。俺って記憶力が悪いのかも」

当時と似た状況になって思い出したのかもしれない。

真剣な表情で悩む英介さんを見て、思わずくすっと笑った。

英介さんは記憶力が悪いのではない。普段からあたり前のように困っている人に手を差し伸べているから、その人たちを助けたときのことなんて一つひとつ覚えていないだけ。

『なんだか嫉妬するな、その男の子に』

私を痴漢被害から助けてくれた男の人の話をしたときに、英介さんがつぶやいていた言葉を思い出す。

『千晶にとってそのときの彼は、ピンチを救ってくれたヒーローみたいな存在だろ』

まさか英介さんだったなんて。

「私のヒーローは、あのときから英介さんだったんだね」

「そうだな。俺だったのか」

見つめ合った私たちは、ふたりでくすっと同時に笑った。

END

特別書き下ろし番外編

結婚式

翌年、十月。

スタッフの女性に案内されて、チャペルの扉の前にゆっくりと移動した。

ボリュームのあるAラインのウエディングドレス姿の私の隣には、上品なモーニングを身にまとう父が立っている。

「ちょっと意外かも。泣いちゃうと思ってた」

そう声をかけると、目の前の扉をじっと見つめていた父が私に視線を向ける。

「泣くわけないだろ。千晶とバージンロードを歩く夢がとうとう叶うんだ。むしろわくわくしてる」

口角を持ち上げてにこりと微笑む父の瞳には、たしかに涙ひとつ浮かんでいない。

結婚報告のときに号泣していた父を思うと、今日の結婚式はそれ以上に涙を流すと予想していたのに。

実際はその逆で、まるで遊園地のアトラクションに乗る前のようなうきうきとした父が隣に立っている。

もっと寂しがるものだと思っていたが、案外そうでもないのだろうか。

それか、私が結婚して一年以上が経っているので寂しいという感情はもうどこかへ行ってしまったのかもしれない。

それはそれで娘として寂しい気もする。でも、病気がわかり入院していた頃の父を思うと、塞ぎ込むことなく元気で楽しく過ごしてくれていた方がやはりうれしい。

スタッフの女性に「そろそろ入場ですよ」と声をかけられ、私は父と腕を組んだ。反対の手でブーケを持つ。

「……どうしよう。緊張してきたかも」

足が震える。これまでの人生で自分が主役になった経験がほぼないのもあり、これからたくさんの人たちの視線を集めて歩かなければならない状況に不安を覚える。

「心配するな。父さんが一緒だから大丈夫だ」

隣の父は落ち着いた様子で、どっしりと構えている。常に危険が隣にあり、緊張感を伴う警察官という仕事を長年していたせいか、ちょっとやそっとのことでは動じないようだ。

そんな父の隣はとても安心する。

七歳の頃に母が家を出ていき、それからは父とふたりで暮らしてきた。

どんなに仕事が忙しくても参観日や運動会などの行事には必ず顔を出してくれたし、遠足のときは朝早く起きてお弁当も作ってくれた。

私が寂しくないよう常に寄り添ってくれていた父の夢、〝私と一緒にバージンロードを歩く〟を叶えられる日がきて本当にうれしい。

「お父さん。今まで育ててくれてありがとう」

伝えたい気持ちは心の中であふれるくらいにあるけれど、口から出たのはそんなシンプルな言葉だった。

「お父さんの娘で幸せです」

結婚したからといって私が父の娘であることは変わらない。これからもよろしくという気持ちを込めて微笑んだ。

目が合った後、父の顔がそっと扉へと向けられる。

「……ああ」

短くそう答えて、父は私の半歩前に出た。

スタッフの女性にドレスの裾やトレーンを整えてもらい、いよいよ入場だ。

ゆっくりと開いた扉の向こうには真っ白なチャペルが広がり、参列者たちの姿が見える。

祭壇の前には、私たちよりも先に入場した英介さんがこちらを向いて立っている。

ホワイトカラーのタキシードに身を包んだ彼はいつにも増して素敵で、見惚れてしまうくらいかっこいい。

少し進んだところで私と父は立ち止まり、ふたりでお辞儀をした。

それから、花びらが敷きつめられたガラス張りのバージンロードを一歩ずつ進んでいく。

入場前の緊張は、いざ扉が開いて歩き始めた途端に吹き飛んだ。祭壇の前で私を待っている英介さんのもとへ向かう。

参列席には同期の透子、それから立花くんの姿もある。当初は誘うべきか迷ったけれど、『同期としてお祝いしたい』という彼の気持ちを聞いて呼ぶことに決めた。

祝福してくれるふたりの笑顔を見て、私の顔にも笑みがあふれる。

会場には母もいる。親族席ではないけれど招待した。

少し前まで、子どもの頃に私を置いていった彼女を許せない気持ちが強かったけれど、何度か会ううちにそれもすっかり萎んでいった。

母が心から反省しているのが伝わってきたし、『産みの母はたったひとりしかいないんだぞ』という父の言葉もあったからかもしれない。

今はもう母を許している。だから結婚式にも呼ぶと決めたし、笑顔で祝福してくれる彼女を見て私も自然と笑みがこぼれた。

ちらっと見えた新郎側の席には、英介さんの後輩の及川さんをはじめとした同僚や上司、それに今日のために他県から来てくれた同期の人たちの姿もある。

親族席には彼の両親と三人のお姉様、そのご家族も座っている。その中には白のセレモニードレスを着た私と英介さんの娘もいて、お母様に抱っこされてすやすやと寝ている。

今年の二月に生まれた彼女は今月で八カ月になる。

英介さんが言うには、ふっくらとした頬とくりくりした目が私にとてもよく似ているそうで、目に入れても痛くないほどかわいくてたまらないらしい。

それは父も同じで、私の赤ちゃんの頃とそっくりな娘の虜だ。

たまに私が娘を連れて実家に帰ったときも、私に声をかけるよりも先に娘を抱っこするほど溺愛している。

今は、すっかり孫に夢中のおじいちゃんだ。

父が愛情を向ける対象が私から娘に移ったのもあり、結婚式も寂しさがあまりないのかもしれない。

そんなことを思いながら祭壇前にたどり着き、父と英介さんがお辞儀を交わした。

英介さんが頭を上げた少し後に父もまた頭を上げ、その横顔をちらっと見たとき、私の胸がきゅっと締めつけられたかのように切なくなる。

入場前は笑顔だった父が静かに涙を流していた。

固く引き結んでいた唇をゆっくりと開けた父が、震える声で英介さんに「娘をよろしく頼む」と力強く告げる。

その言葉を受けた英介さんがよりいっそう表情を引きしめた。

「必ず幸せにします」

そんなふたりのやり取りに、私の瞳にもうっすらと涙の幕が張る。

子どもの頃から今日までの父との思い出が一気によみがえり、涙があふれそうだ。

けれど今は泣いてはだめだと必死にこらえた。

英介さんがそっと右手を差し出す。私の右手を父が彼の手へと導き、そっと背中を押して隣に立たせた。

さっきまで父と組んでいた腕を英介さんと組む。

私を見つめる彼が優しく微笑んだ。それから私たちはふたりで祭壇を上る。

讃美歌歌唱などと進み、指輪の交換をした。その後は誓いのキスだ。

向かい合って立つ英介さんが、右足を一歩前に出して私に近づく。顔の前にかかるベールを持ち上げて、うしろへと下ろした。

挙式前のブライズルームでこのベールを下ろしてくれたのも父だ。これまで私を一番近くで見守ってきてくれた父に、ぜひそれもやってほしかったから。

英介さんがベールの裾を整えながら「きれいだよ」とささやく。ありがとうの意味を込めて、私はまだうっすらと涙のたまる目を細めて微笑んだ。

英介さんが私の両肩に手を添える。背の高い彼が顔を傾け、お互いの唇がそっと優しく重なった。

突き抜けるような青空が見えるチャペルの天井からは、私たちのこれからを祝福するかのように優しい光が降り注いだ。

幸せな結婚式を終えた私たちは自宅に戻った。

挙式と披露宴の間、たまに目を覚ましたもののあまり泣くことはしなかった娘が、帰宅したと同時に泣き始める。

英介さんが抱っこをしてあやしている間に私はミルクの用意を急ぐ。できあがったそれをさっそく娘に飲ませると、ようやく泣きやんだ。

キャッキャッとご機嫌な娘のおむつを、英介さんが慣れた手つきで替えている。

結婚式の余韻に浸る間もない。あれは夢だったのではないかと思えるくらい、一気に日常に戻った気分だ。

それでも私と英介さんの左手薬指には、昨日まではなかった指輪が輝いている。

ずっと前に購入はしていたが、結婚式まで大切に取っておいた。

その後は私が娘をお風呂に入れ、授乳している間に英介さんもお風呂を済ませた。

ベビーベッドに寝かしつけた娘の寝顔を、英介さんとふたりで見つめる。

「お義父さんの気持ちが今ならよくわかるよ」

ぷっくりとした娘の頬を優しくなでながら、彼がぽつりとつぶやく。

以前は父を〝佐波さん〟と呼んでいた英介さんだけど、今は〝お義父さん〟と呼んでいる。

初めてそう呼ばれたときの父がくすぐったそうに照れていたのを思い出す。

「俺もいつかこの子が結婚したら、ああやって泣くんだろうな」

「その想像をするのはまだ早いよ」

娘は生まれてまだ八カ月しか経っていない。それなのに、いきなり結婚式を思い浮かべる英介さんにくすっと笑ってしまう。

「あのとき、俺もちょっともらい泣きしそうになった」

「あのときって？」

「目に涙をためたお義父さんから、千晶をよろしく頼むと言われたとき」

英介さんは娘の頬から手を離し、私を見つめる。

「お義父さんがこれまでどんな思いで千晶を育ててきたのか、あのひと言で伝わってきた。だから、お義父さんの宝物の千晶を、これからは俺が幸せにしないとって改めて思った」

「英介さん」

彼がそんなふうに思っていたと知り、胸の中がじんわりと温かくなる。

こんなに素敵な人と出会えたのも父がきっかけで、とても感謝している。

「私だけが幸せにしてもらうんじゃなくて、私も英介さんを幸せにするよ。もちろんこの子も」

すやすやと寝ている娘を見て自然と笑みがこぼれる。

この子がとても愛おしい。

自分が母親になれるのか。一時期は不安に思っていたけれど、産んだ途端にそれも消えた。

私がこの子の母親で、娘のためならなんでもできそうなくらいの深い愛情が自然と生まれたから。

それに、英介さんも隣にいてくれる。

「みんなで幸せになろうな」

彼の手が私の頬に触れて、視線を移す。見つめ合った私たちの唇が触れて離れた後、今度はもう一度深く口づけを交わした。

END

あとがき

このたびは本作をお手に取っていただきありがとうございます。

これまで医者、弁護士、パイロット……と、ヒーローの職業を書いてきましたが、まだ書いたことがない職業にしたいと思い選んだのが警察官僚です。

お堅い仕事をしているけれど、底抜けに優しくて爽やかで、とにかくヒロインに一途な性格にしたいと思い、ヒーローが出来上がりました。

そんな彼にはヒロインを守ってほしいと思い、ストーリーを考えていきました。

執筆をしていた時期が去年の春から夏にかけてなのですが、ちょうど引っ越しと重なり忙しくしていたのを思い出します。

本当はふたりの結婚式まで書いてからサイトに載せたかったのですが間に合わず……。ですが、今回番外編でその後のふたりを書くことができました。

ヒロインの父親の夢『娘とバージンロードを歩く』は、執筆しながら思わず泣きそうになりましたが、結婚式まで書けて満足です！

今作も無事に一冊の本になることができてホッとしています。

この本に携わってくださった皆様に感謝申し上げます。

また、表紙イラストを手掛けてくださった浅島ヨシユキ様には、見惚れてしまうほど美男美女なヒーローとヒロインを描いていただきとても感謝しています。

そして、本作をお手に取って読んでくださった皆様。本当にありがとうございました！

鈴ゆりこ

鈴ゆりこ先生への
ファンレターのあて先

〒104-0031
東京都中央区京橋1-3-1
八重洲口大栄ビル7F
スターツ出版株式会社　書籍編集部　気付

鈴ゆりこ先生

本書へのご意見をお聞かせください

お買い上げいただき、ありがとうございます。
今後の編集の参考にさせていただきますので、
アンケートにお答えいただければ幸いです。

下記URLまたは二次元コードから
アンケートページへお入りください。
https://www.berrys-cafe.jp/static/etc/bb

再会したクールな警察官僚に燃え滾る独占欲で溺愛保護されています

2024年4月10日　初版第1刷発行

著　者　鈴ゆりこ

発行人　菊地修一

デザイン　hive & co.,ltd.

校　正　株式会社文字工房燦光

発行所　スターツ出版株式会社
〒104-0031
東京都中央区京橋1-3-1　八重洲口大栄ビル7F
TEL　03-6202-0386（出版マーケティンググループ）
TEL　050-5538-5679（書店様向けご注文専用ダイヤル）
URL　https://starts-pub.jp/

印刷所　大日本印刷株式会社

Printed in Japan

ISBN 978-4-8137-1570-2　C0193

ベリーズ文庫 2024年4月発売

『もう恋はしないはずが――凄腕パイロットの激愛は拒めない【ドクターヘリシリーズ】』 佐倉伊織(さくらいおり)・著

ドクターヘリの運航管理士として働く真白。そこへ、2年前に真白から別れを告げた元恋人・篤人がパイロットとして着任。彼の幸せのために身を引いたのに、真白が独り身と知った篤人は甘く強引に距離を縮めてくる。「全部忘れて、俺だけ見てろ」空白の時間を取り戻すような溺愛猛攻に彼への想いを隠し切れず…。

ISBN 978-4-8137-1565-8／定価748円（本体680円＋税10%）

『余命1年半、かりそめ花嫁はじめます～初恋の天才外科医に救われて世界一の愛され妻になるまで～』 葉月(はづき)りゅう・著

OLの天乃は長年エリート外科医・夏生に片思い中。ある日病が発覚し、余命宣告された天乃は残された時間は夏生のそばにいたいと、結婚攻撃に困っていた彼の偽装婚約者となる。それなのに溺愛たっぷりな夏生。そんな時病気のことがばれてしまい…。「君の未来は俺が作ってやる」夏生の純愛が奇跡を起こす…！

ISBN 978-4-8137-1566-5／定価737円（本体670円＋税10%）

『愛しているから、結婚はお断りします～エリート御曹司は薄幸令嬢への一途愛を諦めない～』 高田(たかだ)ちさき・著

社長令嬢だった柚花は、父親亡き後叔父の策略にはまり、貧しい暮らしをしていた。ある日叔父から強制された見合いに行くと、現れたのはかつての恋人・公士。しかも、彼は大会社の御曹司になっていて!?　身を引いたはずが、一途な愛に絆されて…。「俺が欲しいのは君だけだ」――溺愛溢れる立場逆転ラブ！

ISBN 978-4-8137-1567-2／定価748円（本体680円＋税10%）

『政略婚姻前、冷徹エリート御曹司は秘めた溺愛を隠しきれない』 紅(くれない)カオル・著

父と愛人の間の子である明花は、継母と異母姉に冷遇されて育った。ある時、父の工務店を立て直すため政略結婚することに。相手は冷酷と噂される大企業の御曹司・貴俊。緊張していたが、新婚生活での彼は予想に反して甘く優しい。異母姉はふたりを引き裂こうと画策するが、貴俊は一途な愛で明花を守り抜き…。

ISBN 978-4-8137-1568-9／定価748円（本体680円＋税10%）

『捨てられ秘書だったのに、御曹司の妻になるなんて　この契約婚は溺愛の合図でした』 蓮美(はすみ)ちま・著

副社長秘書の凛は1週間前に振られたばかり。しかも元恋人は後輩と授かり婚をするという。浮気と結婚を同時に知り呆然とする凛。すると副社長の亮介はなぜか突然契約結婚の提案をしてきて…!?　「絶対に逃がしたくない」――亮介の甘い溺愛に翻弄される凛。恋情秘めた彼の独占欲に抗うことはできなくて…。

ISBN 978-4-8137-1569-6／定価748円（本体680円＋税10%）